親愛的 ██████

你知道這句韓語
是什麼意思嗎？^^

사랑해
 요

大家的韓國語
一週學好韓語40音

超人氣韓語教師　金玟志　著

作者的話

讓我們一起輕鬆快樂學好韓語40音吧！

「아파트~ 아파트~ 아파트~ 아파트~ ♪♬」

《APT.》是韓國女團BLACKPINK成員ROSÉ在2024年跟美國歌手「火星人」Bruno Mars合作推出的歌曲，上面寫的韓語就是此首歌副歌的部分歌詞，相信大家一定聽過這段非常洗腦的旋律，而且就算不會韓語的人也能夠輕鬆跟著唱。通常只要是熱門的韓文歌，就會有人用「空耳」的方式將歌詞寫成英文或中文。因此，我很好奇在《APT.》裡一直重複的這三個字的韓語發音，他們究竟是怎麼寫的呢？

搜尋結果：
有看到用英文寫「A-pa-teu」的，也有看到用中文寫「阿帕特」的。

那麼，如果我用注音符號來寫成「ㄚ・ㄆㄚ・ㄊ」，你們覺得如何呢？

用哪種方式寫出韓語的發音，才能讓從來沒學過韓語的人唸得出最準確的韓語呢？

其實，對母語是韓語的人來說，不管是用「A-pa-teu」、「阿帕特」或「ㄚ・ㄆㄚ・ㄊ」來唸，絕對都會帶著外國人的腔調，因此都不算標準。

那最理想的學習韓語發音的方法又是什麼呢？

當然是住在韓國，或是交韓國朋友，因為在與韓國人說話的過程中，當你聽到什麼發音，就跟著發出什麼音，透過一直模仿他們的發音與語調重複練習，你的發音就會越來越完美，就像小baby學說話一樣，是不需要刻意去教導的。然而，不是每個人都能住在韓國，或者交到韓國朋友，也就是說大多數的人是無法天天處於說韓語的環境，而且，學習語言跟年齡也多少有關係，像是小朋友與成人的大腦對外文的接受度的差異就很大。

我在臺灣教韓語這麼多年，看到不少人因為無法將韓語正確發音而感到挫折，甚至覺得韓語不好學而想放棄。此外，每次教發音時，我都會向學生們強調不要用中文的音來唸韓語，應該直接接受那個音才是學習外語正確的方式，但後來還是發現幾乎每位學生的筆記本裡，都是滿滿的注音。因此，我開始認真思考這兩件事：

「怎麼教韓語發音，才可以讓學生有系統的學習，且讓學生覺得不難呢？」

「既然每位學生都用注音來寫韓語發音的筆記，那麼乾脆由我來幫大家寫一本更正確的發音筆記。」

《一週學好韓語40音》就是一本我替臺灣朋友們用注音符號所寫的韓語發音筆記，希望將學習韓語發音的門檻降低，讓大家覺得原來韓語這麼好學，一點都不難！

你還在猶豫什麼？讓我們一起輕鬆快樂學韓語40音吧！

《金老師想跟大家說的幾句韓文 → 請掃描 QR Code 看看》

한글은 누구나 쉽게 배울 수 있는 문자랍니다.
하나도 어렵지 않아요.
다들 파이팅 ~!

MP3-00

2025年8月

《作者的小提醒》

2021年7月，南韓的「文化體育觀光部」正式將韓國泡菜（김치 / Kimchi）之標準中文翻譯，由「泡菜」變更為「辛奇」。

為了方便讀者理解，本書出現的「김치」，都搭配「韓國泡菜 / 辛奇」這樣的中譯，希望大家能夠對「辛奇」這個說法越來越熟悉，甚至熟悉到一看到「김치」，就可以自然而然講出「辛奇」的那天來臨。

作者 金玟志 敬上 ♥

《如何掃描QR Code下載音檔》

1. 以手機內建的相機或是掃描QR Code的App掃描封面的QR Code
2. 點選「雲端硬碟」的連結之後，進入音檔清單畫面，接著點選畫面右上角的「三個點」。
3. 點選「新增至「已加星號」專區」一欄，星星即會變成黃色或黑色，代表加入成功。
4. 開啟電腦，打開您的「雲端硬碟」網頁，點選左側欄位的「已加星號」。
5. 選擇該音檔資料夾，點滑鼠右鍵，選擇「下載」，即可將音檔存入電腦。

如何使用本書

MP3序號
配合MP3學習，
40音才能更快琅琅
上口！

一天一單元
每天不同單元，
學習有效率！

筆順
正確標明筆順，
讓讀者一目瞭然！

寫寫看！
學完立刻練習，
才不會學過就忘！

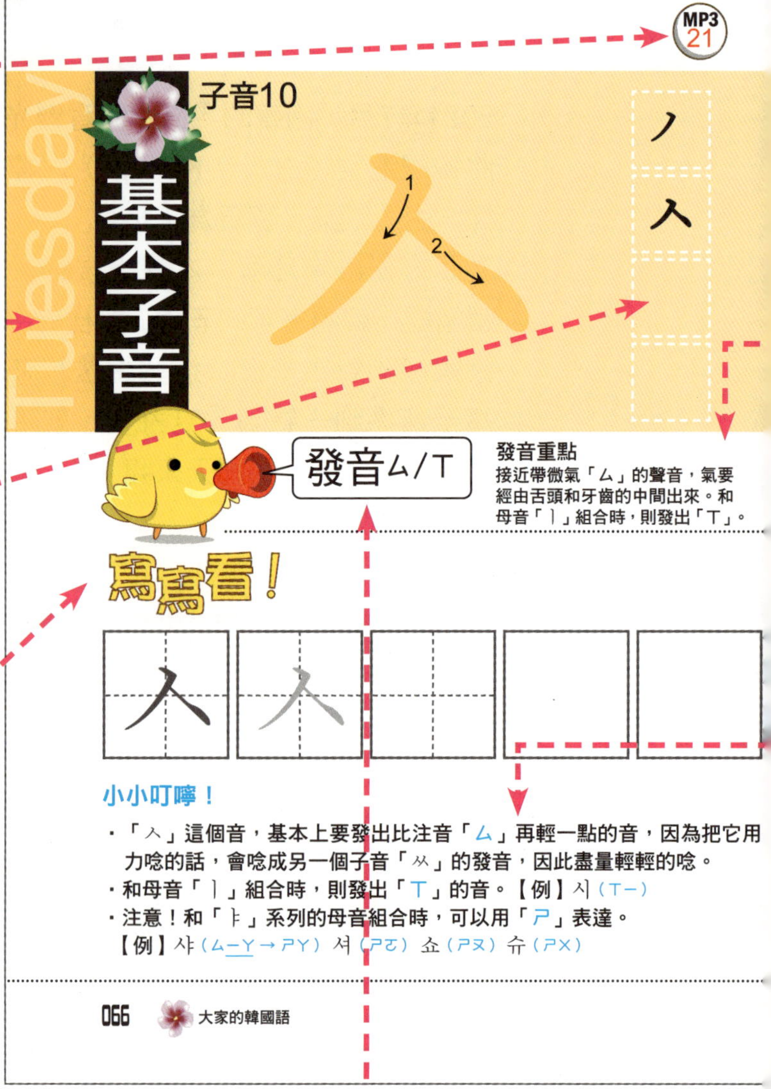

MP3 21

Tuesday 基本子音 子音10

發音 ㄙ/ㄒ

發音重點
接近帶微氣「ㄙ」的聲音，氣要經由舌頭和牙齒的中間出來。和母音「ㅣ」組合時，則發出「ㄒ」。

寫寫看！

小小叮嚀！
・「ㅅ」這個音，基本上要發出比注音「ㄙ」再輕一點的音，因為把它用力唸的話，會唸成另一個子音「ㅆ」的發音，因此盡量輕輕的唸。
・和母音「ㅣ」組合時，則發出「ㄒ」的音。【例】시（ㄒㄧ）
・注意！和「ㅑ」系列的母音組合時，可以用「ㄕ」表達。
【例】샤（ㄙㄧㄚ→ㄕㄚ）셔（ㄕㄛ）쇼（ㄕㄡ）슈（ㄕㄨ）

066　大家的韓國語

發音
用注音符號輔助發音！

有什麼？
每學完一個基本音，用相關單字輔助，立刻增加單字量！

發音重點
以國、台、英語的類似音，讓讀者輕鬆說！

小小叮嚀！
提醒筆順以及容易寫錯的部分，讓讀者寫得一清二楚！

說說看！
每學完一個基本音，也能學會一句實用韓語！

目次

星期一　基本母音 — Monday

學習要點	020
ㅏ、ㅓ	022
ㅗ、ㅜ	026
ㅡ、ㅣ	030
ㅑ、ㅕ	034
ㅛ、ㅠ	038
本課重點	042
自我練習	043

星期二　基本子音 — Tuesday

學習要點	046
ㅇ、ㄴ	048
ㅁ、ㄹ	052
ㅎ、ㅂ	056
ㄷ、ㄱ	060
ㅈ、ㅅ	064
本課重點	068
自我練習	069

作者的話	002
如何使用本書	006
前言　大家的韓國語：一週學好韓語40音	012

星期三　硬音、激音

學習要點	072
ㄲ、ㅋ	074
ㄸ、ㅌ	078
ㅃ、ㅍ	082
ㅆ	086
ㅉ、ㅊ	088
本課重點	092
自我練習	094

星期四　複合母音

學習要點	098
ㅐ、ㅔ	100
ㅒ、ㅖ	104
ㅘ、ㅚ	108
ㅙ、ㅞ	112
ㅝ、ㅟ	116
ㅢ	120
本課重點	122
自我練習	123

星期五 Friday 收尾音

學習要點	126
ㄱ、ㄴ	128
ㄷ、ㄹ	132
ㅁ、ㅂ	136
ㅇ	140
日常生活中常用的「外來語」	142
「韓國料理」名稱	144
本課重點	146
自我練習	148

星期六 Saturday 發音規則

學習要點	152
發音規則 1：連音（연음）	154
發音規則 2：硬音化（경음화）	158
發音規則 3：子音同化（자음동화）	162
發音規則 4：「ㅎ」之發音（ㅎ발음）	166
發音規則 5：口蓋音化（구개음화）	170
同音異意詞	172
相似的發音、不同的意思	174

星期日 實用會話 / Appendix Sunday

學習要點	178
打招呼	180
自我介紹	182
形容情況	184
興趣	186
點菜	188
購物	190
自我練習	192
約人（時間、地點、提出意見）	194

附錄

韓語的基本發音	204
韓語字母表	206
自我練習答案	208

韓國字是哪來的外星語？

　　看過大長今《대장금 ㄊㄝ.ㄗㄤ.ㄍㄇ》、朱蒙《주몽 ㄘㄨ.ㄇㄡ˙》等韓國古裝劇的朋友應該知道，很久以前韓國也用漢字書寫，並沒有可以表達韓國話的文字。但是，漢字畢竟跟韓語是完全不同系統的文字，學習漢字既難又耗時，只有受一定教育以上的貴族才有機會學習，一般平民根本不可能學習漢字。

　　後來，到了西元1443年，有一位朝鮮王朝的君王「世宗大王（세종대왕 ㄙㄝ.ㄗㄨㄥ.ㄊㄝ.ㄨㄤ）」覺得百姓不識字很可憐，而且實際上說的語言和書寫的文字不相同更是困擾，於是就和一批學者創造了很簡便的文字，這就是現在韓國人在用的國字「한글（ㄏㄢ.ㄍㄹ）」。剛開始，貴族們拒絕使用它，只有少數人在用。不過隨著時代演變，「한글」越來越普及，成為韓國的官方文字。

　　「한글」是韓國人的驕傲之一，而創造它的「世宗大王」是韓國人心目中最偉大的一位君王。現代的韓國人為了紀念世宗大王，把他的人像印在一萬塊的韓幣紙鈔上，韓國政府也把每年10月9日，定為「韓國字節（한글날 ㄏㄢ.ㄍㄹ.ㄉㄚㄹ）」。

原來韓語是這麼回事！

　　每當我上韓文初級班的第一堂課時，我都會問學生為何想學韓文。當然最多的回答是喜歡韓劇或韓國偶像的關係，但也有不少人說因為韓國字長得很可愛，好像都是圈圈、四方、一橫的，看起來很有趣。

　　雖然看起來很簡單，但「한글」可是經過多年研究才創造出來的，是很有哲學性也有科學性的文字。它的母音模仿「天、地、人」的形狀，子音則模仿發那個音時需要注意的口腔形狀。只要知道它們的組合原理，便可輕易發出正確的音，也很容易記起那個字的筆畫。本書不只把字的來源和發音的過程解釋得很仔細，也把臺灣人很熟悉的注音符號一起寫上去，相信搭配所附贈的MP3，讀完這本書，你的韓語發音就會非常標準！^^

中文和韓文最大的不同在哪裡？

漢字大體上是圖像文字，而韓國字則是拼音文字。意思是，當你看到一個韓國字，你就可以會發出它的音。但漢字不同，你看到一個漢字，如果沒有記過它的注音符號，就沒辦法唸出它的發音。韓文總共有40個基本音（包含21個母音和19個子音），因為韓國字就是用代表這些發音的字所創造的，所以只要把這40個音記牢，基本上你可以唸出任何韓國字。

例如，看到漢字「我」這個字，除了筆畫以外，還要去記住它的注音符號和聲調。但是韓文的「我」，筆畫簡單，也沒有聲調，因此看到這個字，就馬上可以拼讀。

因為這個原因，韓國字公認為世界上最容易學的文字之一。當初「世宗大王」創造韓國字的本意，就是要方便百姓使用，所以要求韓國字簡單易學。也因為韓國字很容易掌握，大部分的人在上小學前已經學會，所以韓國沒有文盲。

韓語結構與學習計畫

韓國字有二個結構，方式如下：

結構1　只有一個子音與母音在一起，子音寫在母音的左邊或上面。

	子音		母音	
例1	ㄱ	+	ㅏ	= 가
例2	ㄴ	+	ㅗ	= 노

結構2　「結構1」下方再加一個或兩個子音。

	子音		母音		收尾音	
例1	ㄱ	+	ㅏ	+	ㅇ	= 강
例2	ㄴ	+	ㅗ	+	ㄹ	= 놀
例3	ㄷ	+	ㅏ	+	ㄹㄱ	= 닭

後來再加上去的藍字子音，就叫做「收尾音」。

　　本書第一單元至第四單元（就是星期一至星期四）會用「結構1」方式的單詞為主，學習基本的母音和子音。在第五單元（星期五）則開始學習「收尾音」、以及「結構2」方式的單詞。之後，在第六單元（星期六）要學一些韓語發音規則。最後，在第七單元（星期日）就學立刻可以派上用場的實用會話。每天學好一個單元，一個星期就可以打好韓語的基礎囉！

韓語語調與學習規則

　　前面提到韓語並沒有聲調，不過有些語調還是要注意。因為韓國人講話時，為了追求簡單，常常把「我」和「你」省略掉，加上韓語口語的說法（通常最後一個字為「요」）疑問句和肯定句往往都是一樣，只靠語調來區別，所以如果不小心，把該往上揚的疑問句唸成往下墜，意思就會完全不一樣。

[아라써]
알았어요？（Y.ㄉㄚ.ㄙㄛ.ㄧㄡˊ）→ 你知道了嗎？
알았어요.（Y.ㄉㄚ.ㄙㄛ.ㄧㄡˋ）→ 我知道了。

※ 在本書中，紅色[ ]裡的韓語標音是按照韓語發音規則，實際上要唸出來的音。另外，有底線的注音，雖然單獨發音，但要把他們連在一起、快速度的唸。這些發音規則後面會學到。

本書會把語調用以下方式做記號。

↘ ：往下墜，通常句子後面是句點時使用的語調，例如：陳述句
↗ ：往上揚，通常是疑問句的語調
→ ：把最後一個音唸成聲音較高又拖長音，是打招呼時常用
・ ：把最後一個音唸成中文的輕聲，通常是驚嘆句的語調

跟著金老師，韓語40音輕鬆學

很多學生跟我說：「老師，每次在韓國用我的破韓文跟人家溝通時，覺得很緊張又丟臉，不過發現韓國人很高興聽我們講韓文耶！」

沒錯！在韓國，用英文跟韓國人溝通當然也可以，但韓國人只要聽到外國人講韓文，就會覺得倍感親切，更願意幫忙。例如，你跟我問路，我原本打算只告訴你要走的方向，聽到你那麼用心地把韓文一個字接一個字講出來，實在太感動了，變成直接帶路算了。我有好幾個學生，就是因為這樣問路而認識一些韓國朋友。英文跟中文，全球有幾億的人在用，但韓語只有非常少數的人才想學。韓國人也知道這點，因此很珍惜、也很感謝對韓語有興趣的外國朋友。聽到這兒，有沒有一股很想學韓語的 feel 啊？^^

你想聽懂韓劇原音嗎？
你想秒懂你的韓國偶像在說什麼嗎？
你想把握去韓國旅行時跟當地人用韓文溝通的機會嗎？

學習韓語的開始，就是要學好最基本的韓語40音，跟著這本書精心為你安排一週「韓語40音」的課程，保證七天後你也可以說出一口漂亮韓語。

MP3 01

星期一

[워　료]

월요일

（ㄨㄛ．ㄌㄧㄡ．ㄧㄹ）

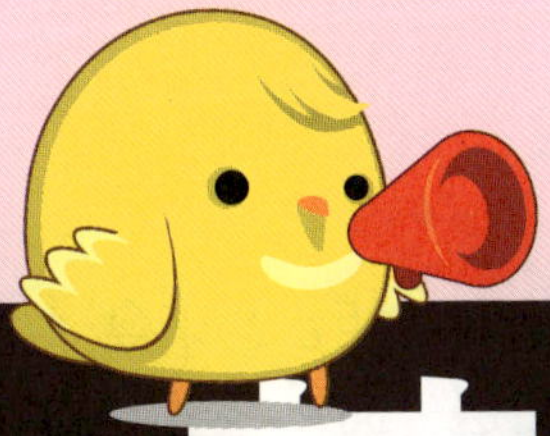

基本母音

目標：學好10個「基本母音」！加油！

ㅏ ㅓ ㅗ ㅜ ㅣ

ㅡ ㅑ ㅕ ㅛ ㅠ

韓語的母音是用模仿「天、地、人」形狀的符號做出來的。

天	地	人
˙	ㅡ	ㅣ

※代表天的符號，用在母音上會變成短短的一橫或一豎。

它們本身可以當一個母音，例如：「ㅡ」、「ㅣ」。也可以組合起來變成另外一個母音，例如：「ㅏ」這個母音代表太陽在人的右邊，而「ㅗ」則代表著地的上面有太陽。

另外，韓語母音裡面還有「陰陽」的觀念。例如，如果「ㅏ」是屬於陽的字，那大家猜猜看屬於陰的字該怎麼寫呢？1…… 2…… 3……，沒錯！就是「ㅓ」，因為韓語把往右凸出來稱為陽，那往左凸出就屬陰。那「ㅗ」屬陽，跟它同組屬於陰的是什麼字呢？按照前面的造字原理，那就是「ㅜ」囉！

上面提到的這六個母音，就是韓語裡最基本的母音。

ㅏ(ㄚ)	ㅓ(ㄛ)	ㅗ(ㄡ)	ㅜ(ㄨ)	ㅣ(ㄧ)	ㅡ( )

※「ㅡ」沒有恰當的注音可以表達，關於它的發音請參考32頁。

另外一種組成母音的方式，就是「ㅣ」這個母音和左頁部分母音組合在一起。

	ㅏ（ㄚ）		ㅑ（ㄧㄚ）
ㅣ（ㄧ） ＋	ㅓ（ㄛ）	＝	ㅕ（ㄧㄛ）
	ㅗ（ㄡ）		ㅛ（ㄧㄡ）
	ㅜ（ㄨ）		ㅠ（ㄧㄨ）

※「ㅣ」變成短短的一橫或一豎，成為另外一個母音的一部分。

　　左頁的6個和上面的4個，這10個母音就是第一天要學的基本母音。你看，一點都不難吧！

　　在正式學習發音前，還有一件事要提醒大家。我們在15頁學過，所有的韓國字都是母音和子音的組合。因此，單只有一個母音或子音，都無法成為一個完整的字。也就是說，我們在這個單元所學的基本母音，其實都需要另外一個子音的陪伴，才能組成完整的字。

　　剛好在韓語裡，有一個子音寫成「ㅇ」，當它在「結構1（15頁、206頁）」裡時不發音，得靠母音的音來唸。【例】ㅇ＋ㅏ（ㄚ）＝아（ㄚ）
　　今天我們就先用「ㅇ」這個子音，來練習基本母音的發音，明天再學更多的子音、認識更多單詞吧！

MP3 01

Monday

基本母音

母音1

ㅏ

1 2

ㅣ ㅏ

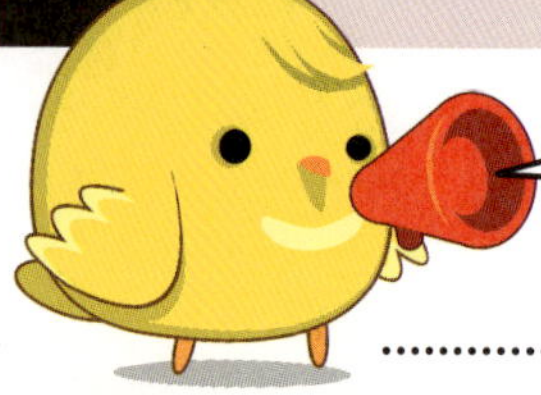

發音ㄚ

發音重點

嘴巴張大一點，發出「ㄚ」的聲音就對了。

寫寫看！

ㅏ	ㅏ			

小小叮嚀！

- 韓文的筆畫順序和中文的一樣，由上而下、由左至右。
- 「ㅏ」右邊凸出來的一橫，要位在「ㅣ」的中間。
- 和子音組合時，要將子音寫在母音的左邊。【例】아

發音Self Check！

　　因為中文剛好有「ㄚ」這個音，相信臺灣朋友發這個音是沒問題。

　　請問大家發「ㅏ」時，你的舌頭放在哪裡？是放在嘴巴最下面，對吧？發正確音的關鍵就是嘴型和舌頭擺放的位置，因此幾個主要的母音，會用下面三角形圖案（代表口腔的相關位置），確認我們的發音是否正確。

　　三角圖形的上下與左右代表不同的發音位置。上面代表舌頭放在最上方，下面則代表最下方，左邊代表口腔的最前方也就是在門牙的位置，右邊則代表靠近喉嚨的地方。

<嘴型>　　　　　<發音位置>

　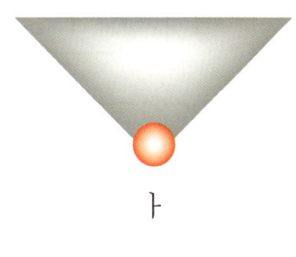

ㅏ　　　　　　　ㅏ

說說看！

아니요.　不是。

ㄚ．ㄋㄧ．ㄧㄡ↘

Monday 基本母音

母音2 ㅓ

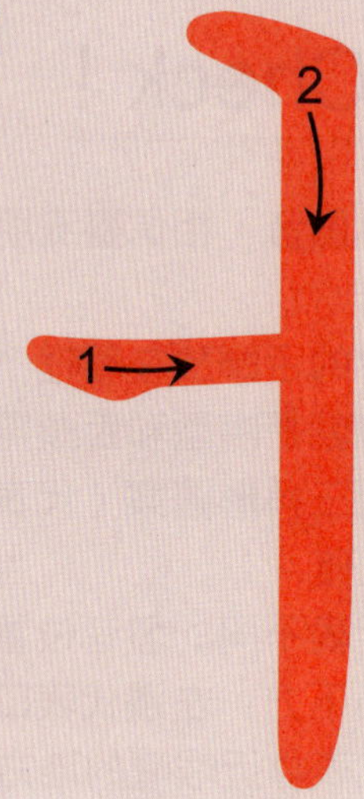

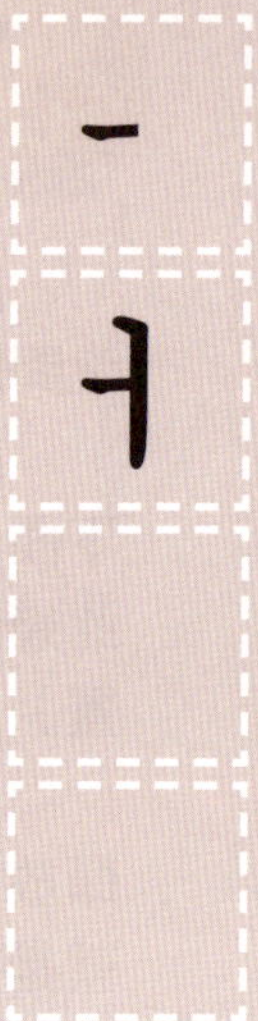

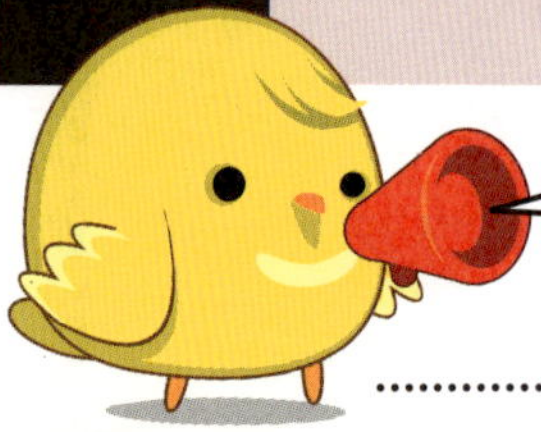

發音 ㄛ

發音重點
嘴巴自然張開,發出「ㄛ」的聲音就對了。

寫寫看!

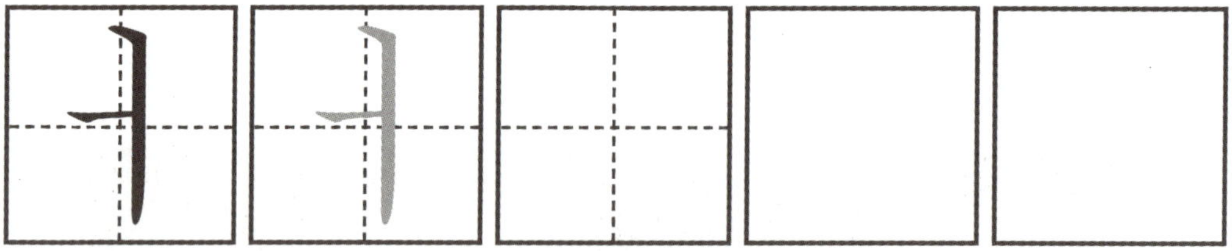

小小叮嚀!
- 韓文的筆畫順序也是由左至右,要先寫左邊凸出來的一橫。
- 「ㅓ」左邊凸出來的一橫,要位在「ㅣ」的中間。
- 和子音組合時,要將子音寫在母音的左邊。【例】어

發音Self Check！

唸「ㅓ」時，嘴張開的高度是和唸「ㅏ」時一樣高，但左右的寬度要再縮一點，會發現舌頭比唸「ㅏ」時翹一點。

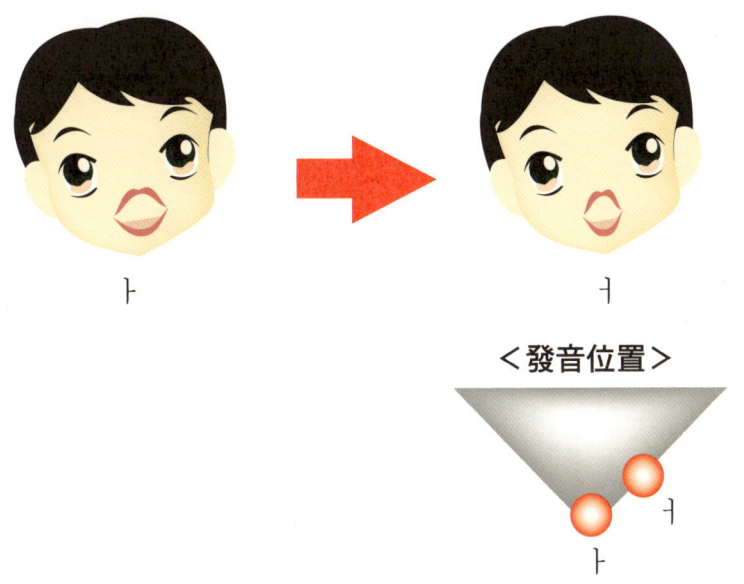

說說看！

어머나!
ㆵ.ㄇㆵ.ㄋㄚ

天啊！

Monday 基本母音 — 母音3

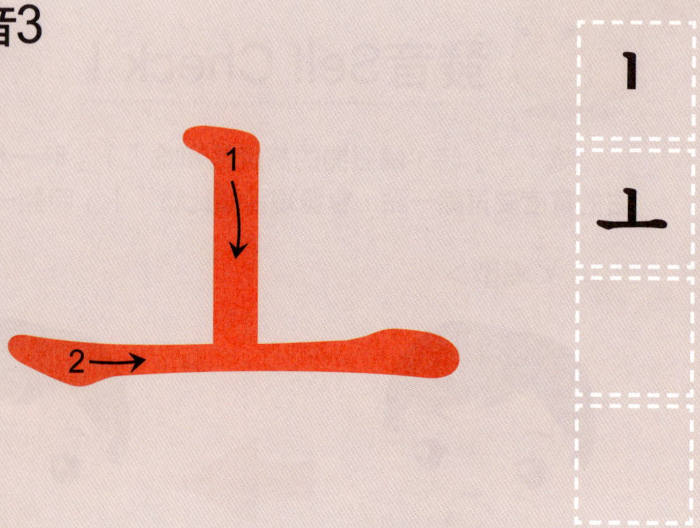

ㅗ

發音 ㄡ

發音重點
嘴型圓一點，發出「ㄡ」的聲音就對了。

寫寫看！

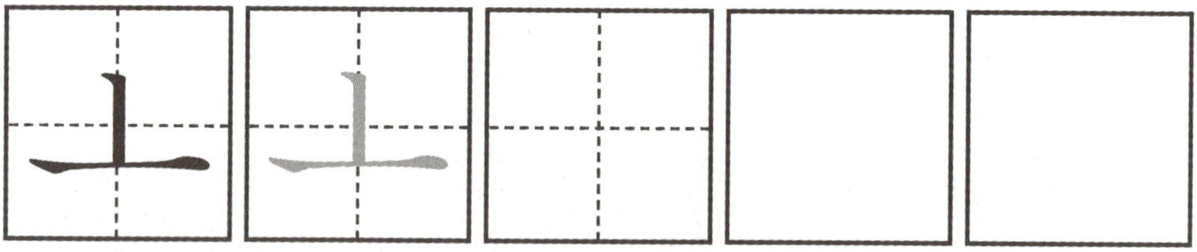

小小叮嚀！

・韓文的筆畫順序也是由上而下，要先寫上面凸出來的一豎，而這次的一豎要比「ㅏ」、「ㅓ」的短短一橫還要長一些。
・「ㅗ」的那一豎，要位在「一」的中間。
・和子音組合時，要將子音寫在母音的上面。【例】오

發音 Self Check！

「ㅗ」是接近注音「ㄡ」的音，嘴型要比「ㅏ」、「ㅓ」小一點，圓一些。我們拿二個單詞練習一下。

오
(ㄡ)
五

코
(ㄎㄡ)
鼻子

<嘴型>　　　　　<發音位置>

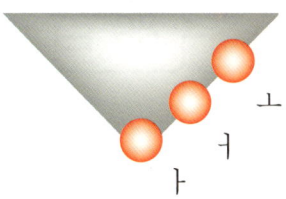

說說看！

歡迎光臨！

어서 오세요!
ㄛ.ㄙㄛ.ㄡ.ㄙㄝ.ㄧㄡ→

Monday 基本母音

母音4

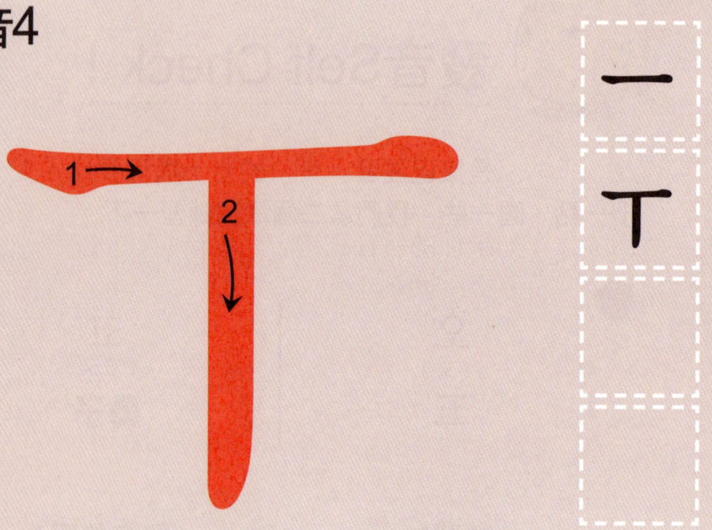

ㅜ

發音 ㄨ

發音重點
嘴型圓一點，比唸「ㅗ」時再縮小一點，發出「ㄨ」的聲音就對了。

寫寫看！

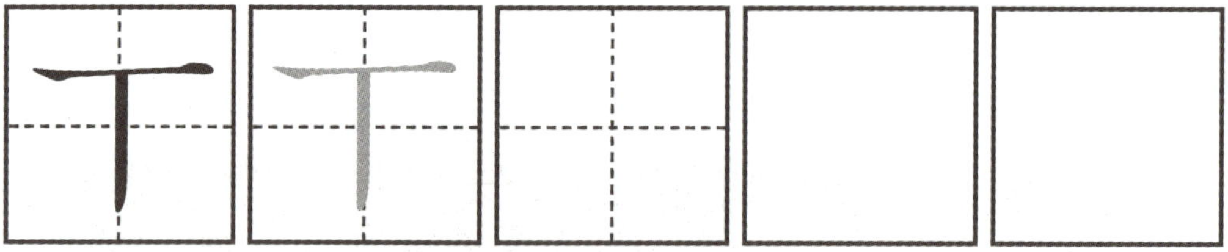

| ㅜ | ㅜ | | | |

小小叮嚀！

- 韓文的筆畫順序也是由上而下，要先寫「一」再寫往下凸出來的一豎，而這次的一豎，要比「ㅗ」的還要長一點。
- 「ㅜ」往下凸出來的那一豎，要位在「一」的中間。
- 和子音組合時，要將子音寫在母音的上面。【例】우

發音Self Check！

我們到目前學到「ㅏ」、「ㅓ」、「ㅗ」、「ㅜ」這四個母音，請大家邊照鏡子邊唸唸看下面三角形圖案的「ㅏ」到「ㅜ」！如果你的發音正確，跟著箭頭往上唸時，嘴型會越來越小，而舌頭會越來越翹。

<嘴型>   <發音位置>

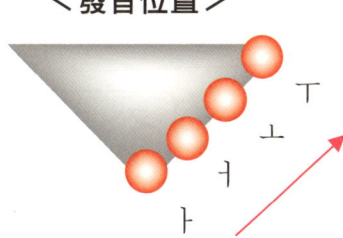

說說看！

우아!   哇！
ㄨ．ㄚ．

MP3 05

Monday

基本母音

母音5

ㅣ

1

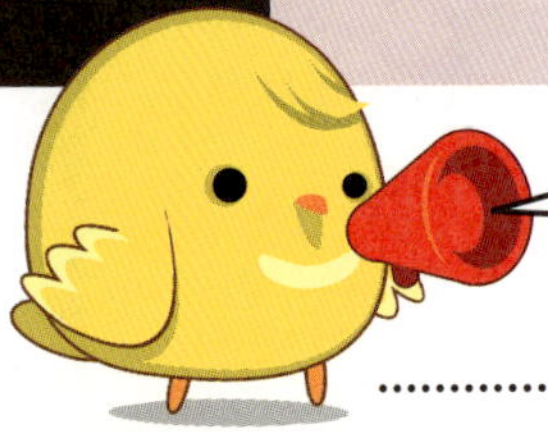

發音 ㅡ

發音重點

嘴巴平開，發出注音「ㄧ」的聲音就對了。

寫寫看！

ㅣ	ㅣ			

小小叮嚀！

- 韓文的筆畫順序是由上而下，從上面直直往下寫出一豎就行。
- 和子音組合時，要將子音寫在母音的左邊。【例】이

發音 Self Check！

「ㅣ」是要讓嘴型平一點、弄成一字型之後，發出注音「一」的音。舌頭放的地方和「ㅜ」一樣高，但比起從喉部發出來的「ㅜ」，「ㅣ」則是從舌面前發出來的音。

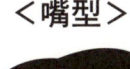

<嘴型>　　　　　<發音位置>

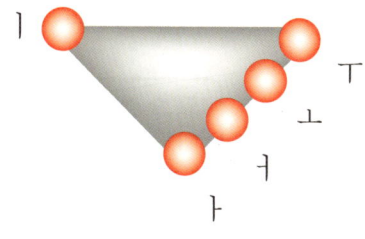

說說看！ 我要這個。（點菜、買東西時可用）

이거 주세요.

ㄧ．ㄍㄛ．ㄘㄨ．ㄙㄝ．ㄧㄡ↘

Monday

基本母音 母音6

一

發音

發音重點
保持「ㅣ」的嘴型,肚子用力,將舌頭往喉嚨方向稍微拉。
接近閩南語「蚵仔煎」的「蚵」。

寫寫看!

小小叮嚀!

- 韓文的筆畫順序是由左至右,從左邊寫出一橫就行。
- 和子音組合時,要將子音寫在母音的上面。【例】으

發音Self Check！

基本上「ㅡ」和「ㅣ」的嘴型差不多，只是唸「ㅡ」時，肚子要像大吐一口氣時一樣用力，然後將舌頭往喉嚨方向稍微拉（是平平的拉，不是捲舌喔！）。這個音是我們臺灣朋友最不會唸的韓語發音之一，請大家跟著MP3多練習。

「ㅡ」不管用英文、日文、注音都無法寫出它正確的音，因此在本書，是以它與子音拼讀所發的音，找最接近的注音來標寫。

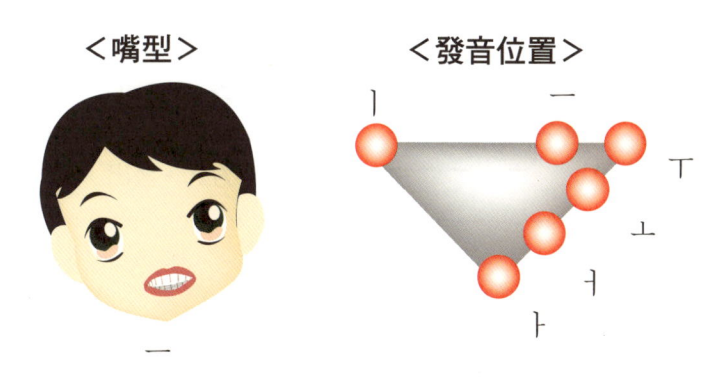

＜嘴型＞　　　　＜發音位置＞

ㅣ　　ㅡ

ㅜ

ㅗ

ㅓ

ㅏ

說說看！

음…　　ㄜ……（韓國人想事情時會發出的聲音）

ㅎㅁ→

嘴巴要輕輕地閉起來喔！

Monday 基本母音

母音7

ㅑ

ㅣ ㅏ ㅑ

發音 ㄧㄚ

發音重點
和「ㅏ」一樣的嘴型與舌頭處理方式，發出「ㄧㄚ」的音。

寫寫看！

| ㅑ | ㅑ | | | |

小小叮嚀！

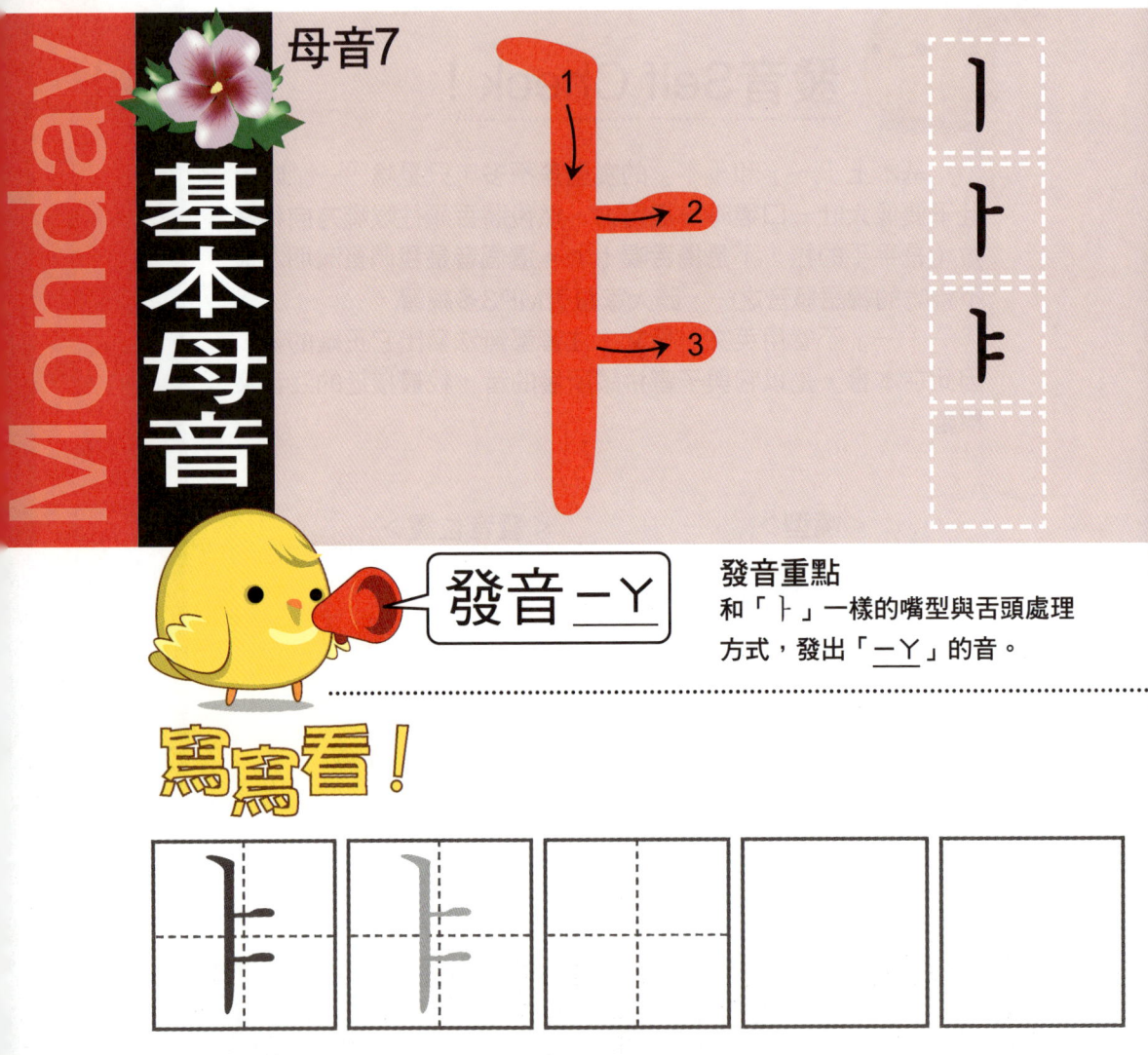

- 韓文的筆畫順序由上而下、由左至右，要先寫長的一豎，再寫兩個短短的橫。
- 和子音組合時，要將子音寫在母音的左邊。【例】야

發音Self Check！

「ㅑ」是「ㅣ」和「ㅏ」組成的母音，大家先唸唸看這兩個母音，「ㄧ」「ㄚ」、再唸快一點「ㄧㄚ」、速度再更快就變成「ㄧㄚ」。雖然是由兩個母音組合而成，但畢竟也是一個音，要將原本的兩個音唸快一點，唸成像一個音一樣。在本書，有底線的注音，雖然單獨發音，但都要把他們連在一起、快速地唸。

例　야채
（ㄧㄚ․ㄘㄝ）
蔬菜

說說看！

야호～
ㄧㄚ․ㄏㄡ→

呀吼～
（韓國人爬山時，常會站在山頂大聲喊出這句話）

Monday

基本母音 母音8

ㅕ

一　ㄓ　ㅕ

發音 一ㄜ

發音重點
和「ㅓ」一樣的嘴型與舌頭處理方式，發出「一ㄜ」的音。

寫寫看！

| ㅕ | ㅕ | | | |

小小叮嚀！

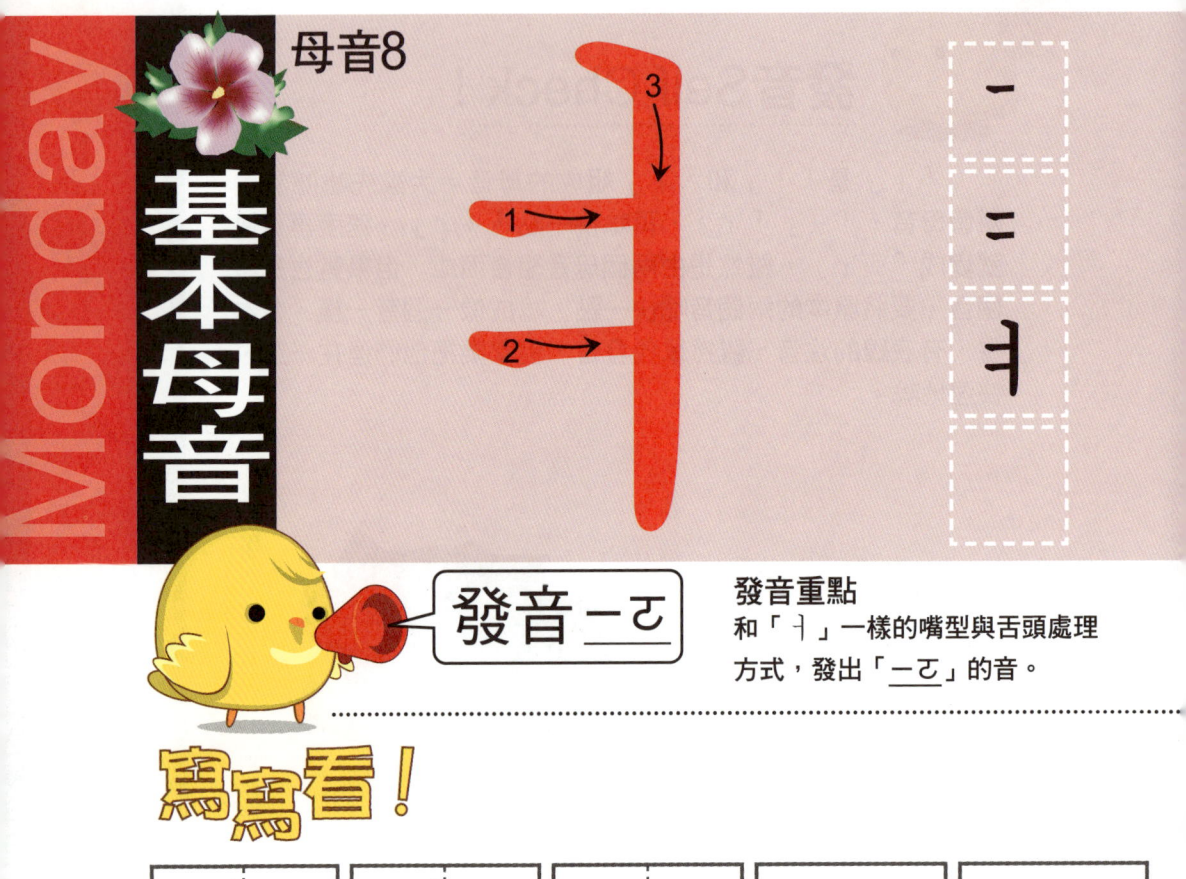

・韓文的筆畫順序由上而下、由左至右，要先寫那短短的兩橫，再寫長長的一豎。
・和子音組合時，要將子音寫在母音的左邊。【例】여

發音Self Check！

「ㅕ」是「ㅣ」和「ㅓ」組成的母音，大家先唸唸看這兩個母音，「一」「ㄛ」、再唸快一點「一ㄛ」、速度再更快就變成「一ㄛ」。和唸「ㅑ」時一樣，要將原本的兩個音唸快一點，唸成像一個音一樣。

例 여우
（一ㄛ・ㄨ）
狐狸

說說看！

여기요~
ㄧㄛ・ㄍㄧ・一ㄡ→

這裡……
（在餐廳要叫服務生過來時常用的說法）

Monday 基本母音 母音9

ㅛ

發音 ーヌ

發音重點
和「ㅗ」一樣的嘴型與舌頭處理方式，發出「ーヌ」的音。

寫寫看！

ㅛ	ㅛ			

小小叮嚀！

・韓文的筆畫順序由上而下、由左至右，要先寫上面的兩豎，再寫長的一橫，而這次的一豎要和「ㅗ」的一樣長。
・和子音組合時，要將子音寫在母音的上面。【例】요

發音Self Check！

「ㅛ」是「ㅣ」和「ㅗ」組成的母音。

那「ㅛ」該怎麼唸呢？沒錯！將「ㄧ」和「ㄡ」這兩個音唸快一點的話，就變成「ㄧㄡ」，要記得將原本的兩個音快速度地唸，唸成像一個音一樣囉！

例 요리
（ㄧㄡ．ㄌㄧ）
料理

說說看！

저기요~
ㄘㄜ．ㄍㄧ．ㄧㄡ→

那裡……
（在韓文中，要稱呼陌生人時最常用的說法）

基本母音 母音10

Monday

ㅠ

一 ㅜ ㅠ

發音ーㄨ

發音重點
和「ㅜ」一樣的嘴型與舌頭處理方式，發出「ーㄨ」的音。

寫寫看！

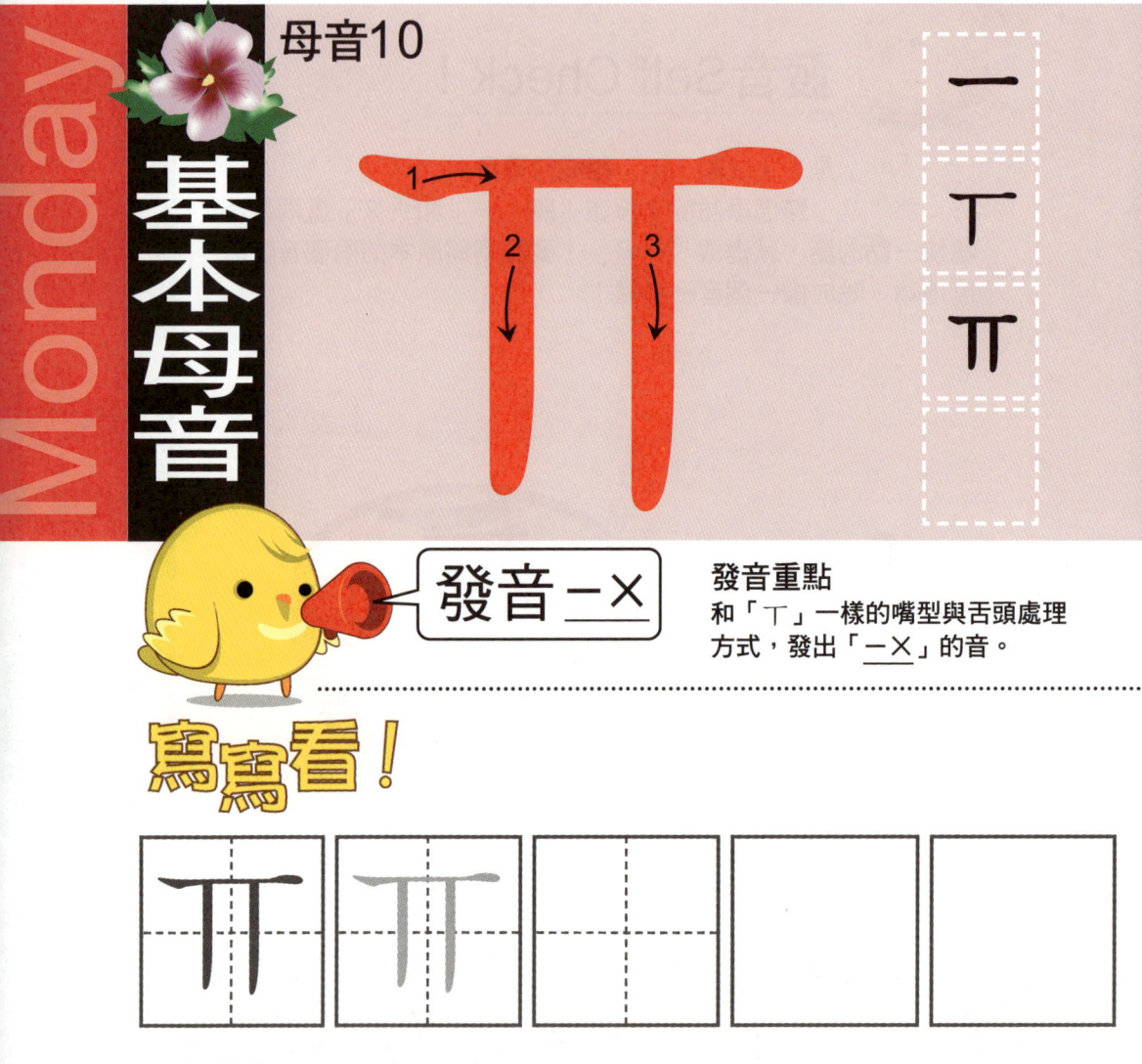

小小叮嚀！
- 韓文的筆畫順序由上而下、由左至右，要先寫長的一橫，再寫下面的兩豎，而這次的兩豎要和「ㅜ」的一樣長。
- 和子音組合時，要將子音寫在母音的上面。【例】유

發音Self Check！

「ㅠ」是「ㅣ」和「ㅜ」組成的母音。

那「ㅠ」該怎麼唸呢？沒錯！將「ㅡ」和「ㄨ」這兩個音唸快一點的話，就變成「ㅡㄨ」。要記得將原本的兩個音快速度地唸，唸成像一個音一樣喔！

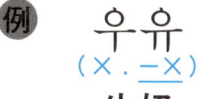

例　우유
（ㄨ．ㅡㄨ）
牛奶

說說看！

유치해요.
ㅡㄨ．ㄑㄧ．ㄏㄝ．ㅡㄡ

好幼稚。

本課重點

發音重點整理

母音	發音	發音重點
ㅏ	(ㄚ)	嘴巴張大一點,舌頭放在嘴巴最下面。
ㅓ	(ㄛ)	嘴形比唸「ㅏ」時稍微縮一些,舌頭比唸「ㅏ」時翹一點。
ㅗ	(ㄡ)	嘴型圓一點,發出「ㄡ」的聲音就對了。
ㅜ	(ㄨ)	嘴型圓一點,比唸「ㅗ」時再縮小一點。
ㅣ	(ㄧ)	嘴巴平開。
ㅡ	( )	保持「ㅣ」的嘴型,肚子用力,將舌頭往喉嚨方向稍微拉。接近閩南語「蚵仔煎」的「蚵」。
ㅑ	(ㄧㄚ)	和「ㅏ」一樣的嘴型與舌頭處理方式。
ㅕ	(ㄧㄛ)	和「ㅓ」一樣的嘴型與舌頭處理方式。
ㅛ	(ㄧㄡ)	和「ㅗ」一樣的嘴型與舌頭處理方式。
ㅠ	(ㄧㄨ)	和「ㅜ」一樣的嘴型與舌頭處理方式。

子音的位置

ㅏ ㅑ ㅓ ㅕ ㅣ	子音寫在母音的左邊。【例】아
ㅗ ㅛ ㅜ ㅠ ㅡ	子音寫在母音的上面。【例】오

自我練習

1 發音練習-請唸唸看。

(1) 아아 어어 오오 우우 이이 으으
(2) 아야 어여 오요 우유
(3) 아 야 오 요 우 유 이 으

2 聽力練習-請把聽到的單詞寫出來。

(1)＿＿＿ (2)＿＿＿ (3)＿＿＿

3 單詞練習-請連連看。

오

요리

우유

야채

橙色
주 황 색
(ㄔㄨˊ ㄏㄨㄤˊ ㄙㄜˋ)

星期二

화요일
（ㄏㄨㄚ·ㄧㄡ·ㄧㄹ）

基本子音

目標：學好10個「基本子音」！加油！

ㅇ ㄴ ㅁ ㄹ ㅎ
ㅂ ㄷ ㄱ ㅈ ㅅ

MP3 12

學習要點

　　韓語的子音，是模仿人發音時口腔的形狀所創造出來的。韓語十九個子音創造原理如下。

　　「ㄱ」系列的子音，是模仿舌根往喉嚨翹起的樣子。就像中文的「ㄍ」、「ㄎ」一樣，唸「ㄱ」時舌根會像插畫一樣翹起來。將「ㄱ」寫兩次的「ㄲ」或是「ㄱ」中間多加一橫的「ㅋ」，都要用這樣的方式來唸。

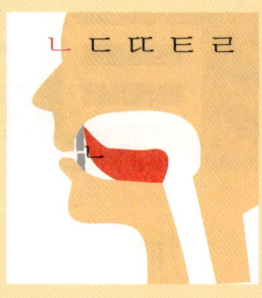

　　「ㄴ」系列的子音，是模仿舌頭頂到上齒後面的樣子。就像中文的「ㄋ」、「ㄉ」一樣，唸「ㄴ」時，舌頭會碰到上齒的後面。在「ㄴ」上添加筆畫的「ㄷ」、「ㄸ」、「ㅌ」都要用這樣的方式唸。注意！「ㄹ」的話，像「ㄌ」一樣，舌頭碰到的上顎地方，要比其他同系列子音後面一點喔！

　　「ㅁ」系列的子音，是模仿運用嘴唇發音的樣子。就像中文的「ㄇ」、「ㄅ」、「ㄆ」一樣，唸「ㅁ」時，上下唇會碰一下。在「ㅁ」上添加筆畫的「ㅂ」、「ㅃ」、「ㅍ」，都要用這樣的方式唸。

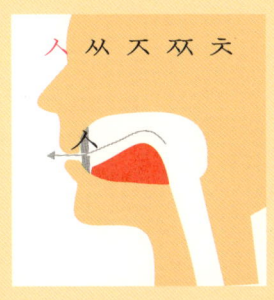

「ㅅ」系列的子音,是模仿利用牙齒發音的樣子。就像中文的「ㄙ」、「ㄗ」、「ㄘ」一樣,唸「ㅅ」時,氣會經由舌尖和牙齒的中間出來。在「ㅅ」上添加筆畫的「ㅆ」、「ㅈ」、「ㅉ」、「ㅊ」,都要用這樣的方式唸。

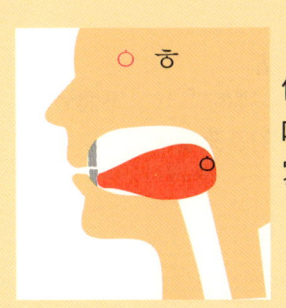

「ㅇ」系列的子音,是模仿用喉嚨發音的樣子。 就像中文的「ㄤ」、「ㄏ」一樣,「ㅇ」、「ㅎ」都是從喉嚨發出來的音。注意!「結構1」裡的「ㅇ」,當它寫在母音的左邊或上面時,本身是不發音的。

這十九個子音,也可以分成自然發的「平音」,聲音加重、用力唸的「硬音」,和強烈氣息的「激音」。今天我們要先學習「平音」,學習的順序不是依照原本的順序,而是從臺灣朋友容易發的音開始,直到比較有難度的音為止。「硬音」和「激音」的部分呢,就留到明天再學吧!

平音	ㄱ ㄴ ㄷ ㄹ ㅁ ㅂ ㅅ ㅇ ㅈ ㅎ
硬音	ㄲ ㄸ ㅃ ㅆ ㅉ
激音	ㅋ ㅌ ㅍ ㅊ

基本子音

子音1

Tuesday

ㅇ

不發音

發音重點
「結構1」裡的「ㅇ」不發音，得靠母音的音來唸。

寫寫看！

小小叮嚀！

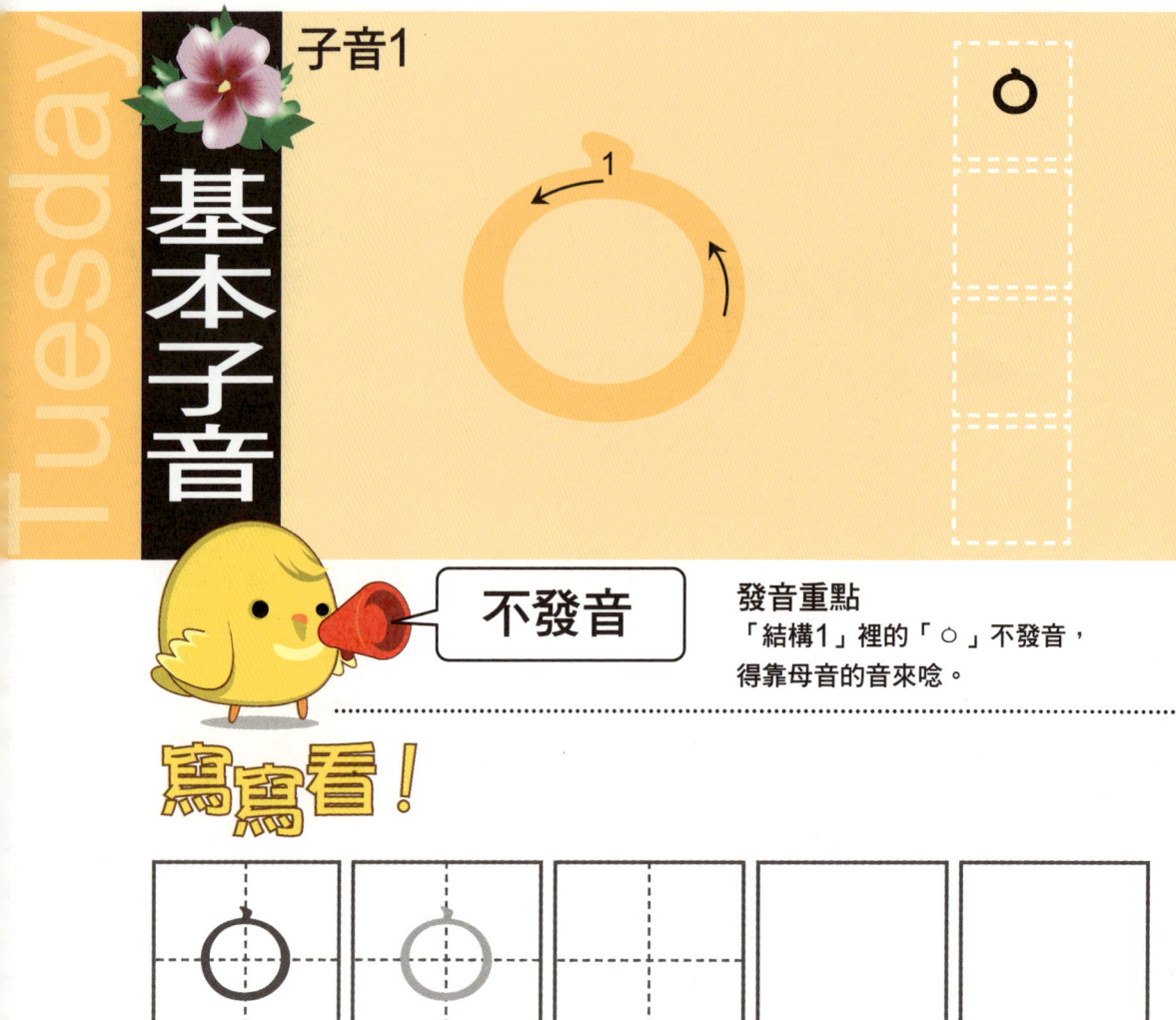

- 筆畫：逆時鐘方向畫一個圈圈就行。
- 「結構1」指的是「ㅇ」寫在母音的左邊或上面的時候。
  【例】아 오（請參考15、206頁）

ㅇ 有什麼？

- 아이
  (ㄚ．ㄧ)
  小孩

- 오이
  (ㄛ．ㄧ)
  小黃瓜

- 어디
  (ㆆ．ㄉㄧ)
  哪裡

- 여기
  (ㄧㆆ．ㄍㄧ)
  這裡

說說看！

여보세요?
ㄧㆆ．ㄅㄡ．ㄙㄝ．ㄧㄡ↗

喂？
（接電話時）

基本子音 — 子音2

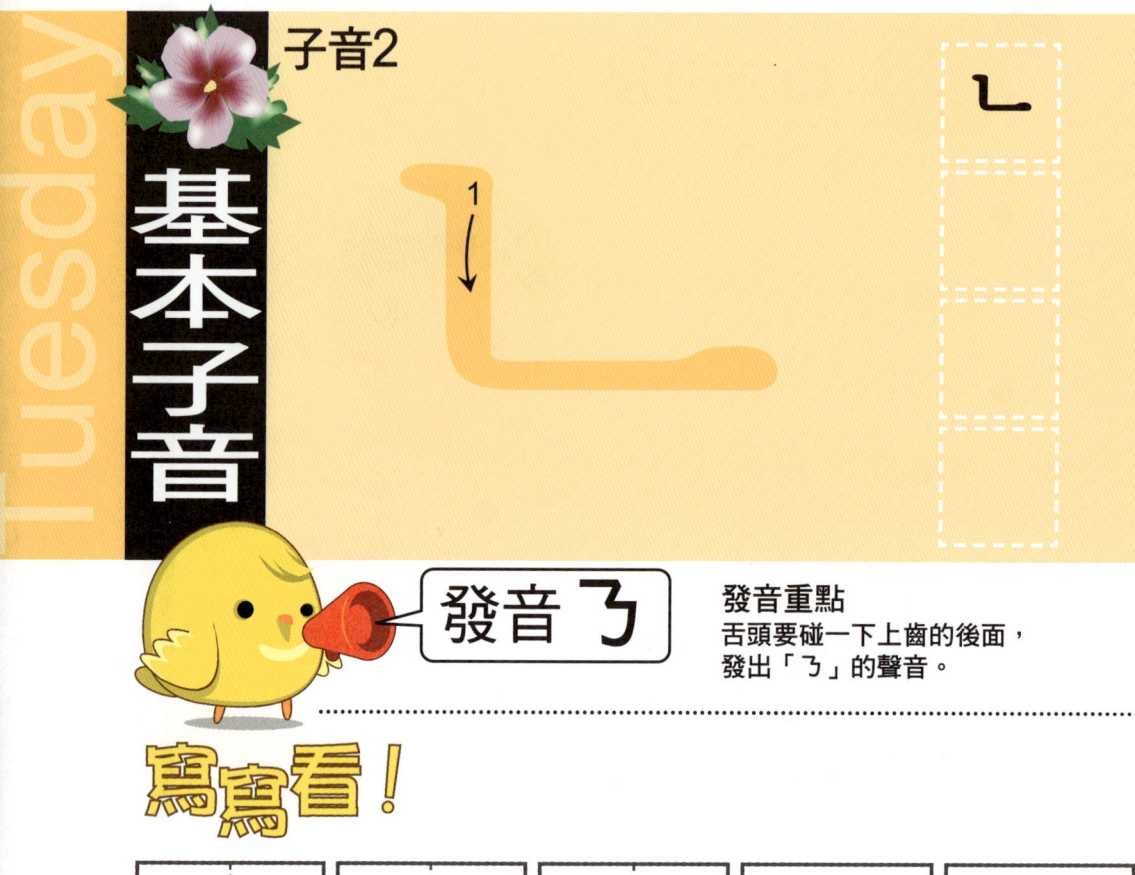

發音 ㄋ

發音重點
舌頭要碰一下上齒的後面，發出「ㄋ」的聲音。

寫寫看！

小小叮嚀！

- 筆畫：一筆完成「ㄴ」，寫的時候橫要比豎稍微長一點點。
- 所有的子音單獨無法發音，「ㄴ」和母音在一起時，才會發出「ㄋ」的音。
- 注意！寫「너」時，「ㅓ」凸出來的那橫，一定要寫在子音上面。
  【例】너 녀

ㄴ 有什麼？

- 나이
  (ㄋㄚ.ㄧ)
  年紀

- 누나
  (ㄋㄨ.ㄋㄚ)
  男生叫的「姊姊」

- 나무
  (ㄋㄚ.ㄇㄨ)
  樹

- 어머니
  (ㄛ.ㄇㄛ.ㄋㄧ)
  母親

說說看！

누구세요?
ㄋㄨ.ㄍㄨ.ㄙㄝ.ㄧㄡ↗

是誰？
（有人按門鈴時）

子音3

基本子音

ㅣ ㄱ ㅁ

發音 ㄇ

發音重點
上下唇要碰一下,發出「ㄇ」的聲音。

寫寫看!

小小叮嚀!

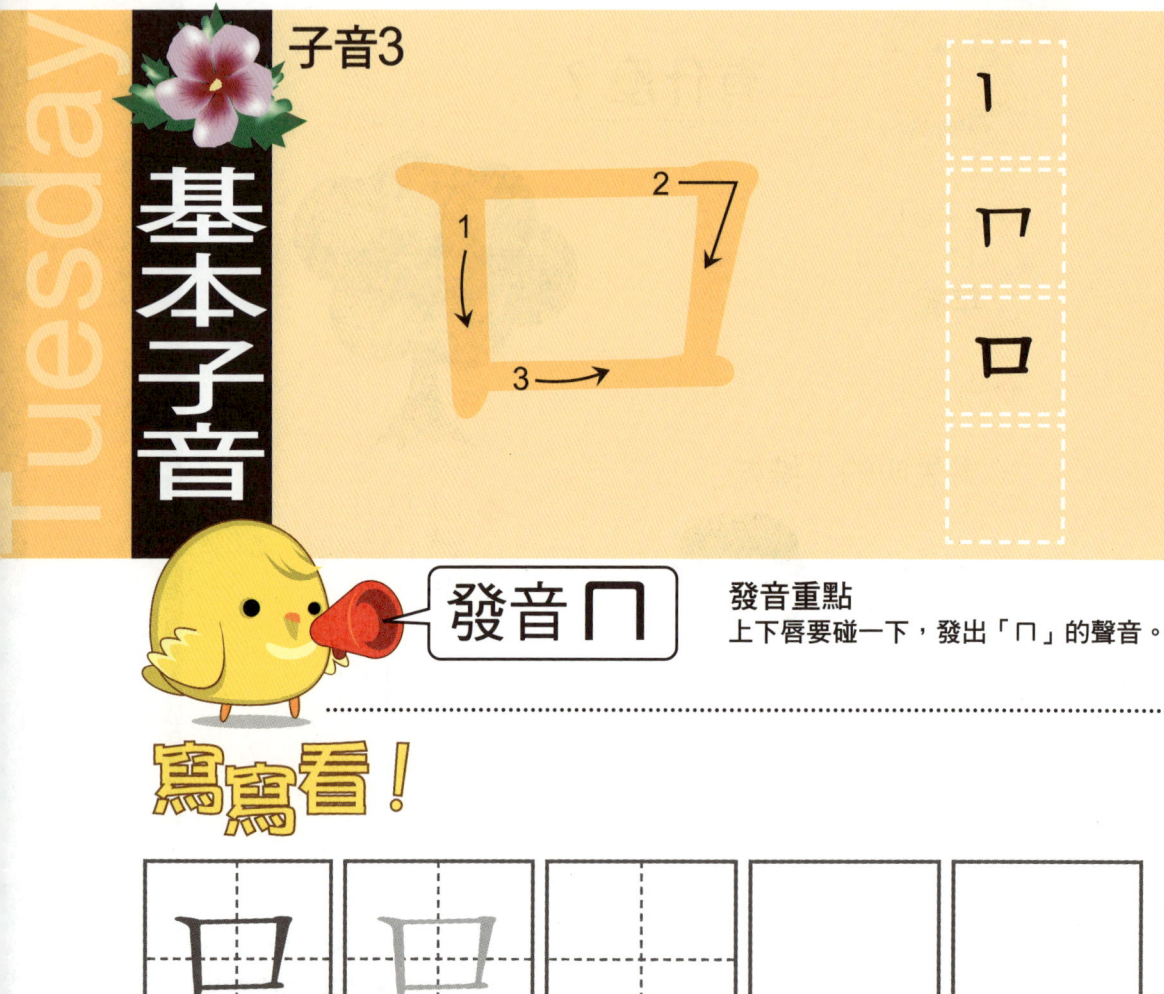

・所有的子音單獨無法發音,「ㅁ」和母音在一起時,才會發出「ㄇ」的音。
・所有的子音在「結構1」裡,都要寫在母音的左邊或上面。
　【例】마 먀 머 며 모 묘 무 뮤 므 미

ㅁ 有什麼？

- 이마
  (ㄧ．ㄇㄚ)
  額頭

- 무
  (ㄇㄨ)
  白蘿蔔

- 머리
  (ㄇㄛ．ㄌㄧ)
  頭

- 며느리
  (ㄇㄧㄛ．ㄋ．ㄌㄧ)
  媳婦

說說看！

[아 내]
미안해요. 對不起。
ㄇㄧ．ㄚ．ㄋㄝ．ㄧㄡ

基本子音

子音4

ㄹ

發音 ㄌ

發音重點
舌頭要碰一下上齒後面的上顎，發出「ㄌ」的聲音。

寫寫看！

小小叮嚀！

- 筆畫：橫要比豎都要稍微長一點點。
- 所有的子音單獨無法發音，「ㄹ」和母音在一起時，才會發出「ㄌ」的音。
- 注意！發此音時，舌頭碰到的上顎地方，要比其他同系列子音後面一點，也請不要像英文的「r」一樣誇張的捲舌。

ㄹ 有什麼？

- 우리
  (ㄨ.ㄌㄧ)
  我們

- 나라
  (ㄋㄚ.ㄌㄚ)
  國家

- 유리
  (ㄧㄨ.ㄌㄧ)
  玻璃

- 라디오
  (ㄌㄚ.ㄉㄧ.ㄡ)
  收音機（radio）

說說看！

어려워요. 很難。
ㄜ.ㄌㄧㄛ.ㄨㄛ.ㄧㄡ

子音5

基本子音

ㅎ

發音ㄏ

發音重點
這是從喉嚨發出來的音，發出「ㄏ」的聲音就對了。

寫寫看！

小小叮嚀！

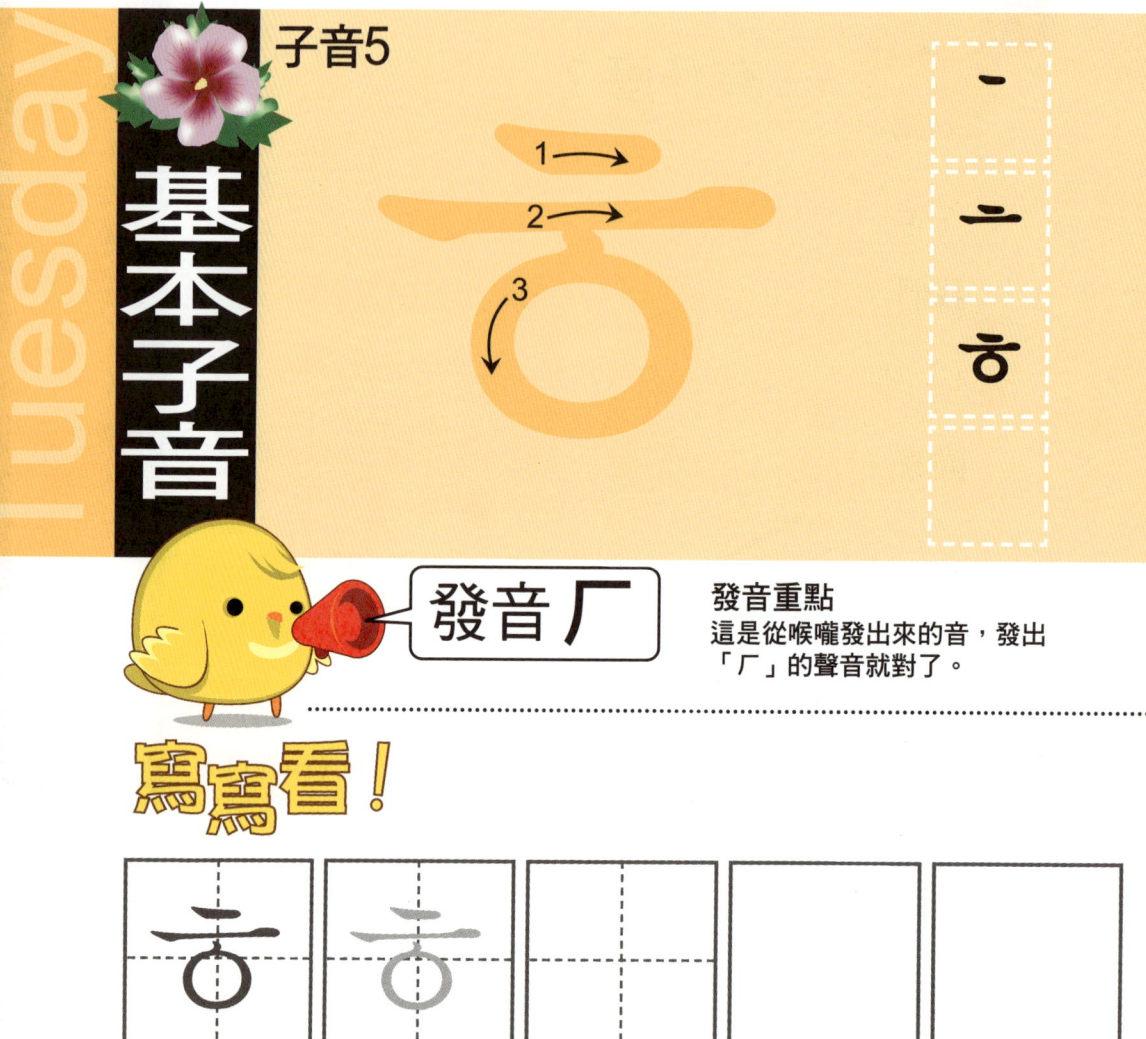

- 筆畫：好像「ㅇ」戴帽子一樣，它上面多加一短一長的兩橫就好。
- 此子音還有另外一種寫法，就是帽子的部分寫成「ㅗ」，變成「ㅎ」，看你比較喜歡哪個，就用那個吧！

ㅎ 有什麼？

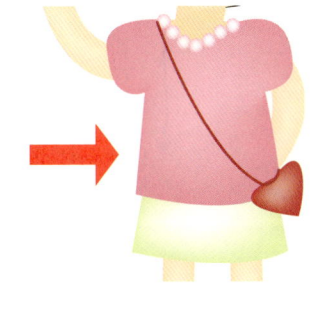

- 오후
  (ㄡ.ㄏㄨ)
  下午

- 하루
  (ㄏㄚ.ㄌㄨ)
  一天

- 허리
  (ㄏㄛ.ㄌㄧ)
  腰

- 휴지
  (ㄏㄧㄨ.ㄐㄧ)
  衛生紙、廢紙

說說看！

하지 마세요. 請不要這樣。
ㄏㄚ.ㄐㄧ.ㄇㄚ.ㄙㄝ.ㄧㄡ

基本子音 子音6

ㅣ ㅒ ㅐ ㅐ

發音 ㄆ/ㄅ

發音重點
當它是字首時,發出接近帶微氣「ㄆ」的聲音,非字首時,發音和「ㄅ」類似。

寫寫看!

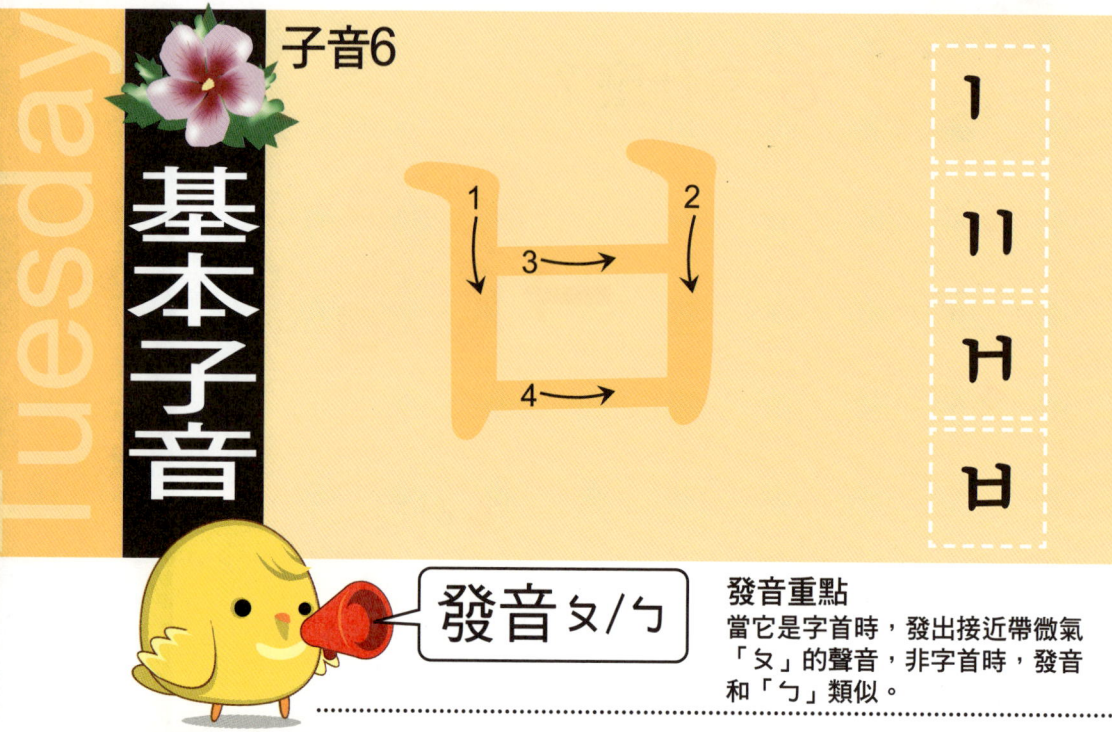

小小叮嚀!

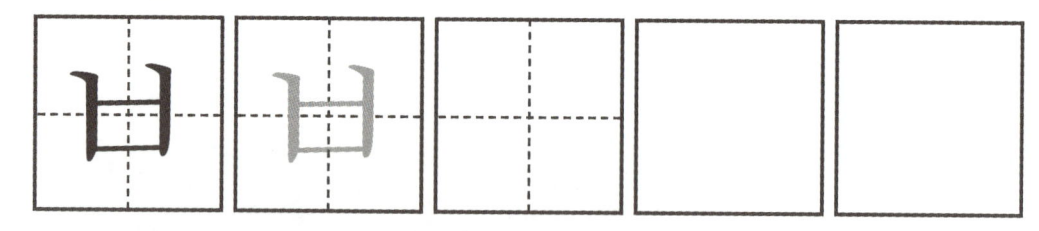

- 筆畫:兩豎一定要超過上面的那一橫。
- 「ㅂ」是「ㅁ」系列的子音(請參考46頁),發音時上下嘴唇一定要碰一下。
- 注意!「ㅂ」於單詞裡當第一個字的子音時,要發出比「ㄆ」再輕一點的音,其它情況發出類似「ㄅ」的音就行。

ㅂ 有什麼？

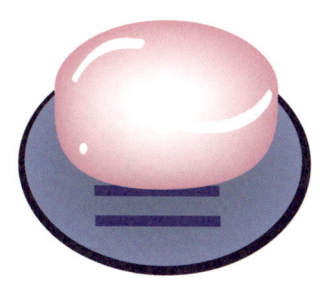

- 비
  (ㄆㄧ)
  雨

- 비누
  (ㄆㄧ․ㄋㄨ)
  香皂

- 아버지
  (ㄚ․ㄅㄛ․ㄐㄧ)
  父親

- 비디오
  (ㄆㄧ․ㄉㄧ․ㄡ)
  錄影帶（video）

說說看！

바보!
ㄆㄚ․ㄅㄡ․

傻瓜！

基本子音

子音7

ㄷ

發音 ㄊ/ㄉ

發音重點
當它是字首時,發出接近帶微氣「ㄊ」的聲音,非字首時,發音和「ㄉ」類似。

寫寫看!

小小叮嚀!

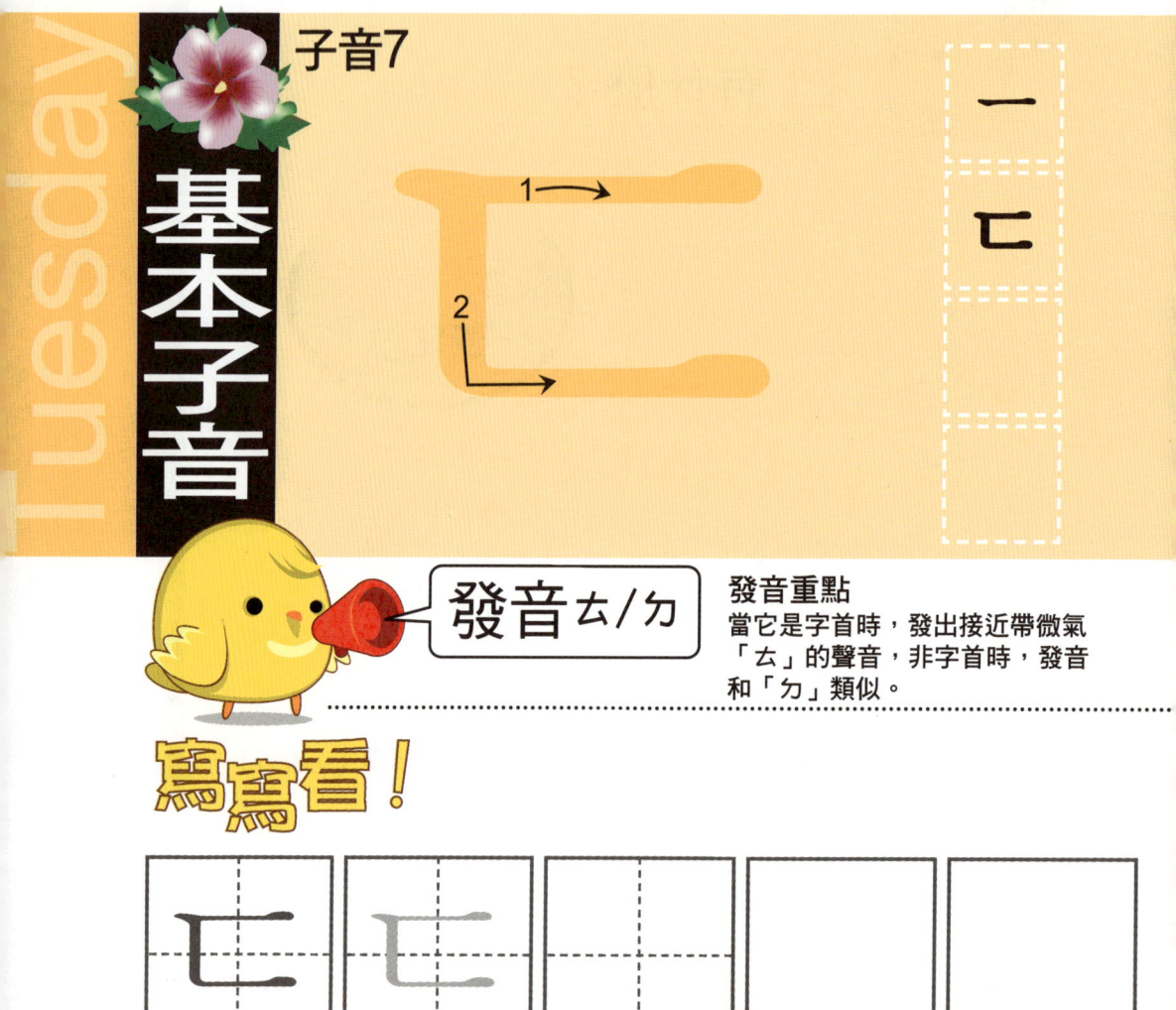

- 筆畫:橫要比豎稍微長一點點。
- 「ㄷ」是「ㄴ」系列的子音(請參考46頁),發音時舌頭要碰一下上齒的後面。
- 注意!「ㄷ」於單詞裡當第一個字的子音時,要發出比「ㄊ」再輕一點的音,其它情況發出類似「ㄉ」的音就行。

ㄷ 有什麼？

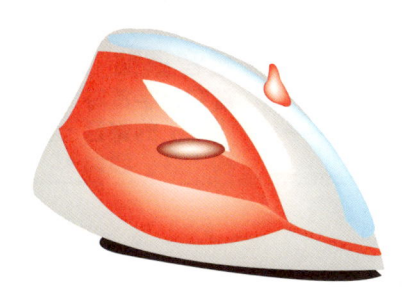

- 두부
  (ㄊㄨ.ㄅㄨ)
  豆腐

- 다리
  (ㄊㄚ.ㄌㄧ)
  腿、橋

- 다리미
  (ㄊㄚ.ㄌㄧ.ㄇㄧ)
  熨斗

- 드라마
  (ㄊ.ㄌㄚ.ㄇㄚ)
  連續劇（drama）

說說看！

더워요. 很熱。
ㄊㄛ.ㄨㄛ.ㄌㄡ↘

基本子音

子音8

ㄱ

發音 ㄎ/ㄍ

發音重點
當它是字首時,發出接近帶微氣「ㄎ」的聲音,非字首時,發音和「ㄍ」類似。

寫寫看!

小小叮嚀!

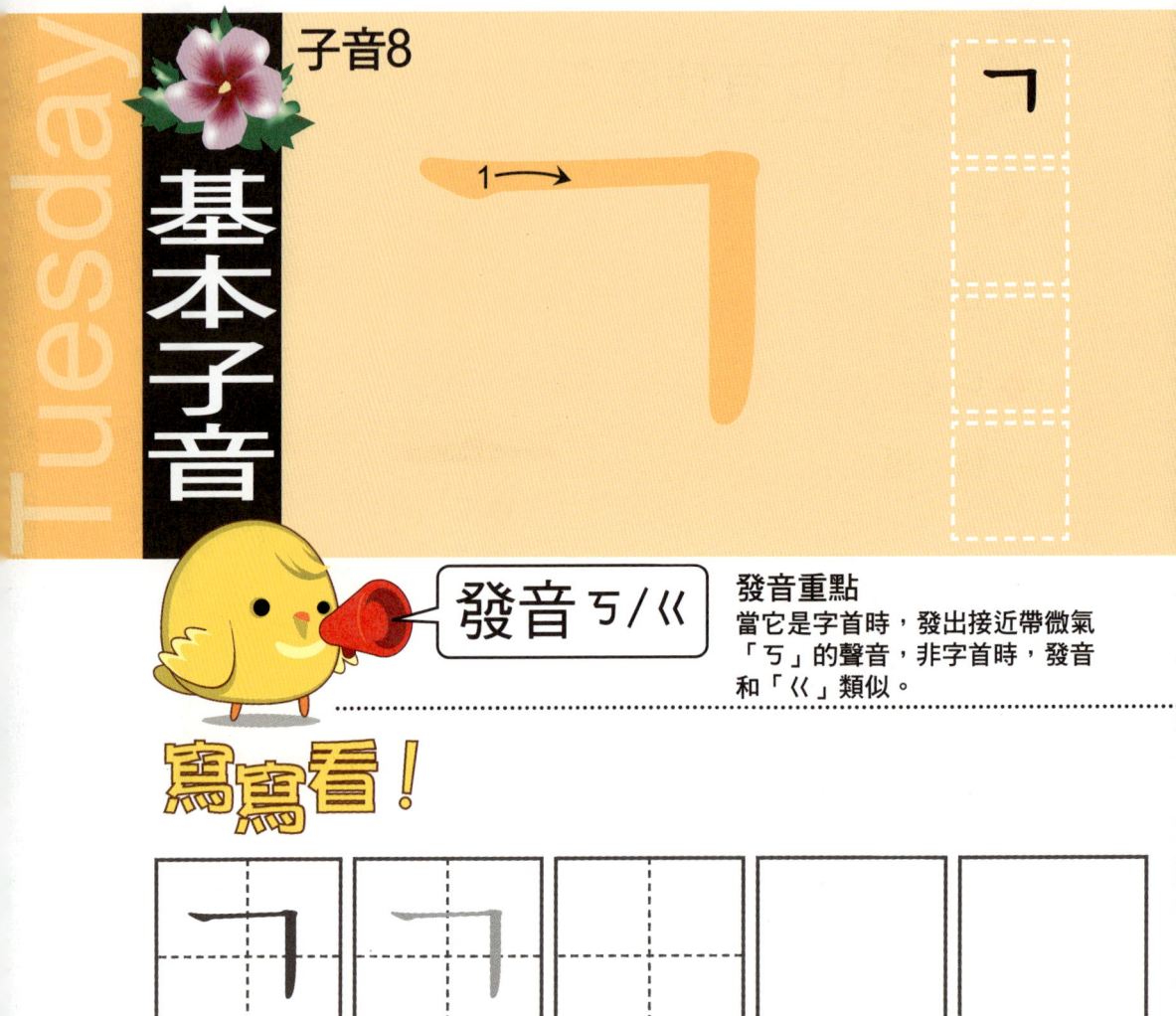

- 「ㄱ」於單詞裡當第一個字的子音時,發出比「ㄎ」再輕一點聲音,其它情況發「ㄍ」。
- 注意!此子音寫法,隨母音位置稍有不同。
  母音在右時:要變成斜斜的一撇。【例】가 갸 거 겨 기
  母音在下時:橫豎一樣長。【例】고 교 구 규

ㄱ 有什麼？

- 야구
 (ㄧㄚ.ㄍㄨ)
 棒球

- 고기
 (ㄎㄡ.ㄍㄧ)
 肉

- 구두
 (ㄎㄨ.ㄉㄨ)
 皮鞋

- 고구마
 (ㄎㄡ.ㄍㄨ.ㄇㄚ)
 地瓜

說說看！

你去哪裡？

어디 가세요?

ㄛ.ㄉㄧ.ㄎㄚ.ㄙㄝ.ㄧㄡ↗

基本子音 — 子音9

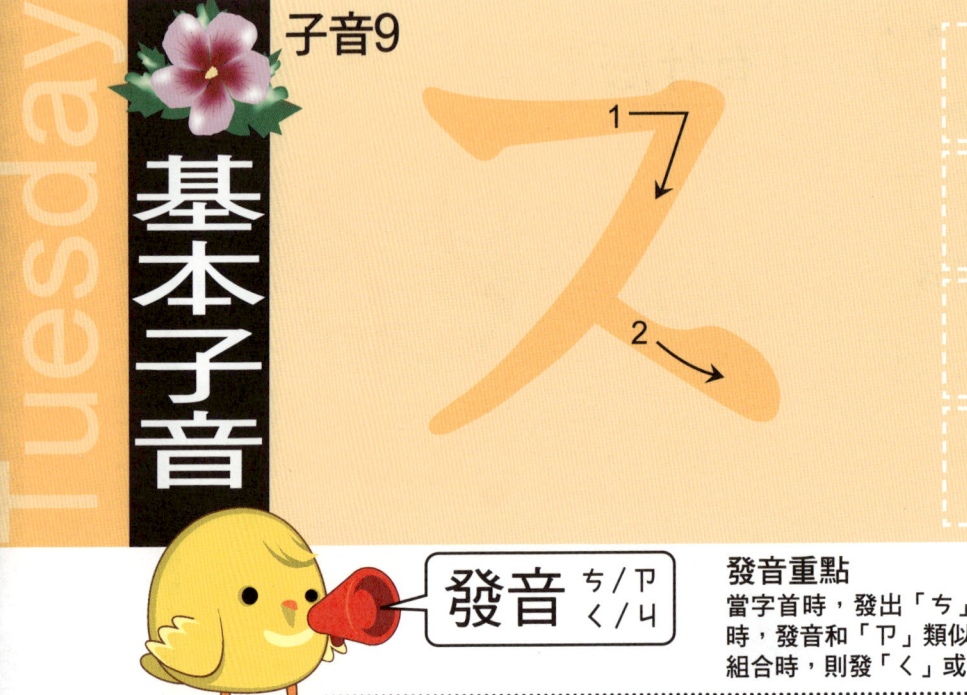

ㅈ

發音：ㄘ/ㄗ ／ ㄑ/ㄐ

發音重點
當字首時，發出「ㄘ」的音，非字首時，發音和「ㄗ」類似，和母音「ㅣ」組合時，則發「ㄑ」或「ㄐ」。

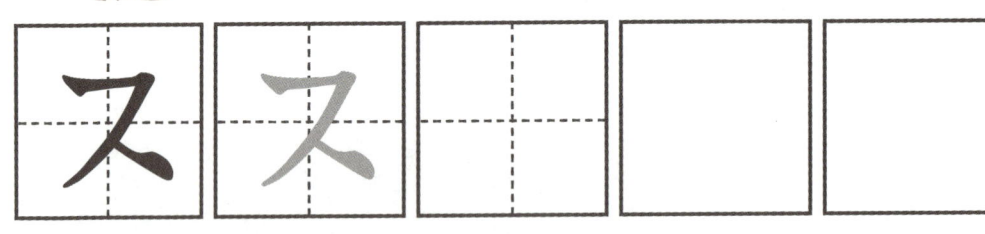

寫寫看！

小小叮嚀！

- 「ㅈ」於單詞裡當第一個字的子音時，發出比「ㄘ」再輕一點的聲音，其它情況發「ㄗ」。
- 注意！和母音「ㅣ」組合時有兩種發音。當字首時，發出「ㄑㄧ」，非字首時則發「ㄐㄧ」。【例】지도（ㄑㄧ‧ㄉㄡ）바지（ㄆㄚ‧ㄐㄧ）
- 此子音還有另外一種寫法是「ㅈ」，但這種字，常見於印刷字體。手寫時，大部分的人都會用上面的寫法。

ㅈ 有什麼？

- 여자
  (ㄧㄜ.ㄗㄚ)
  女生

- 부자
  (ㄅㄨ.ㄗㄚ)
  有錢人

- 모자
  (ㄇㄡ.ㄗㄚ)
  帽子

- 바지
  (ㄅㄚ.ㄐㄧ)
  褲子

- 지도
  (ㄑㄧ.ㄉㄡ)
  地圖

說說看！

자기야~ 親愛的~
ㄘㄚ.ㄍㄧ.ㄧㄚ→

基本子音

子音10

ㅅ

發音 ㄙ/ㄒ

發音重點
接近帶微氣「ㄙ」的聲音，氣要經由舌頭和牙齒的中間出來。和母音「ㅣ」組合時，則發出「ㄒ」。

寫寫看！

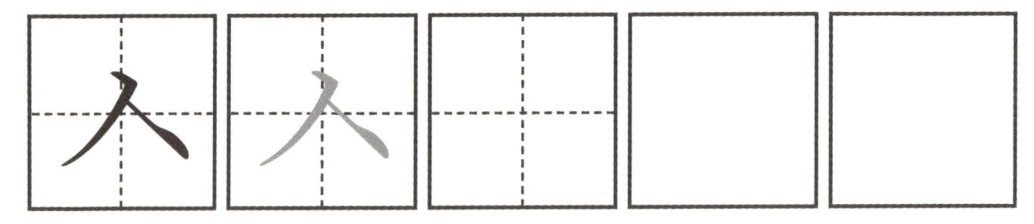

小小叮嚀！

- 「ㅅ」這個音，基本上要發出比注音「ㄙ」再輕一點的音，因為把它用力唸的話，會唸成另一個子音「ㅆ」的發音，因此盡量輕輕的唸。
- 和母音「ㅣ」組合時，則發出「ㄒ」的音。【例】시（ㄒㄧ）
- 注意！和「ㅑ」系列的母音組合時，可以用「ㄕ」表達。
  【例】샤（ㄙㄧㄚ→ㄕㄚ） 셔（ㄕㄛ） 쇼（ㄕㄡ） 슈（ㄕㄨ）

ㅅ 有什麼？

- 가수
  （ㄎㄚ．ㄙㄨ）
  歌手

- 비서
  （ㄆㄧ．ㄙㄛ）
  祕書

- 주스
  （ㄘㄨ．ㄙ）
  果汁（juice）

- 도시
  （ㄊㄡ．ㄒㄧ）
  都市

- 샤워
  （ㄕㄚ．ㄨㄛ）
  洗澡（shower）

說說看！

사랑해요.
（ㄙㄚ．ㄉㄤ．ㄏㅔ．ㄧㄡ↘）

我愛你。

本課重點

發音重點整理

母音	發音	發音重點
ㅇ	不發音	「結構1」裡的「ㅇ」不發音，得靠母音的音來唸。
ㄴ	(ㄋ)	舌頭要碰一下上齒的後面。
ㅁ	(ㄇ)	上下唇要碰一下。
ㄹ	(ㄌ)	舌頭要碰一下上齒後面的上顎。
ㅎ	(ㄏ)	從喉嚨出來的音。
ㅂ	(ㄆ/ㄅ)	當字首時，發接近帶微氣「ㄆ」的音，非字首時，發音和「ㄅ」類似。
ㄷ	(ㄊ/ㄉ)	當字首時，發接近帶微氣「ㄊ」的音，非字首時，發音和「ㄉ」類似。
ㄱ	(ㄎ/ㄍ)	當字首時，發接近帶微氣「ㄎ」的音，非字首時，發音和「ㄍ」類似。
ㅈ	(ㄔ/ㄗ/ㄐ/ㄑ)	當字首時，發接近帶微氣「ㄔ」的音，非字首時，發音和「ㄗ」類似。和母音「ㅣ」組合時有兩種發音，當字首時，發出「ㄑㄧ」，非字首時，則發「ㄐㄧ」。
ㅅ	(ㄙ/ㄒ/ㄧ/ㄕ)	帶微氣「ㄙ」的音，氣要經由舌頭和牙齒的中間出來。和母音「ㅣ」組合時，則發出「ㄒ」。和「ㅑ」系列的母音組合時，可以用「ㄕ」表達。

自我練習

1 聽力練習1－請把聽到的單詞打勾。
  (1) ☐ 우　　☐ 무
  (2) ☐ 누나　☐ 나라
  (3) ☐ 유리　☐ 우리

2 聽力練習2－請把聽到的單詞寫出來。
  (1)_____ (2)_____ (3)_____

3 單詞練習－請連連看。

두부　●　　　　　　　●

주스　●　　　　　　　●

고구마 ●　　　　　　　●

오이　●　　　　　　　●

黃色
노란색
(ㄋㄡ.ㄌㄢ.ㄙㄝㄍ)

星期三

수요일
（ㄙㄨ．ㄧㄡ．ㄧㄹ）

硬音、激音

目標：學好9個「硬音」、「激音」！加油！

ㄲ　ㄸ　ㅃ　ㅆ　ㅉ

ㅋ　ㅌ　ㅍ　　　ㅊ

學習要點

韓語子音可以分成發音要輕一點的「平音」，聲音加重、用力唸的「硬音」，和強烈氣息的「激音」。上一單元我們所練習的是基本子音「平音」，今天我們要挑戰的是「硬音」和「激音」喔！

平音	ㄱ ㄴ ㄷ ㄹ ㅁ ㅂ ㅅ ㅇ ㅈ ㅎ
硬音	ㄲ ㄸ ㅃ ㅆ ㅉ
激音	ㅋ ㅌ ㅍ ㅊ

如上面的表格，其實「硬音」和「激音」，都是在一些「平音」上添加筆畫衍生出來的。比「平音」要加倍用力唸的「硬音」，是將「平音」寫兩次的方式造出來的。而要以吐氣方式唸的「激音」，則是在「平音」上多加一橫就行。

先拿「ㄱ」這一排來解釋給大家明白！

平音	ㄱ	在單詞裡當第一個字的子音，要發出比「ㄎ」再輕一點的音，其它情況則發出類似「ㄍ」的音。
硬音	ㄲ	類似「ㄍ」的音。
激音	ㅋ	類似「ㄎ」的音。

「平音」的重點是發音要自然，尤其上面幾個紅色子音，很容易一不小心，就讓人家聽成「硬音」或「激音」。所以請大家記住，**平音要輕輕地唸**。例如，「가수（歌手）」的發音，可以寫成「ㄎㄚ.ㄙㄨ」，但這裡的「ㄎ」，唸的時候要比真正的音還要再輕一點才行，像是卡片的「卡」。

大家的韓國語

那「까수」要怎麼唸呢？「**硬音**」是靠喉嚨所發的音，所以就按照注音用力唸「ㄍㄚ．ㄙㄨ」就好。

由「激音」開始的「카수」呢？就是要用強烈氣息唸成「ㄎㄚ．ㄙㄨ」。注意！唸「激音」時要像大吐氣一樣，氣必須從嘴裡「吐」出來才行。請大家把手放在嘴巴前面，然後唸唸看「하하하!（哈哈哈！）」。感覺到足夠的氣嗎？「ㅎ」是從喉嚨出來的音，因為所謂的「激音」其實是「平音」加「ㅎ」音的關係，氣音才會那麼重。

【例】ㄱ（ㄍ）＋ㅎ（ㄏ）＝ㅋ（ㄎ）。

剛才手掌感覺到的「氣」，這就是「激音」的特色。

只要記住「平音」、「硬音」、「激音」的特色，要發出正確的音就沒問題了！下面藍色框框裡的子音，就是我們今天要練習的內容。對這些字，我們已經稍有概念，那麼現在就一個字接一個字慢慢練習，最後再比較這些音之間的差異吧！

平音	ㄱ （ㄎ/ㄍ）	ㄷ （ㄊ/ㄉ）	ㅂ （ㄆ/ㄅ）	ㅅ （ㄙ/ㄒ）	ㅈ （ㄔ/ㄗ/ ㄑ/ㄐ）
硬音	ㄲ （ㄍ）	ㄸ （ㄉ）	ㅃ （ㄅ）	ㅆ （ㄙ）	ㅉ （ㄗ）
激音	ㅋ （ㄎ）	ㅌ （ㄊ）	ㅍ （ㄆ）		ㅊ （ㄔ/ㄑ）

子音11

硬音、激音

Wednesday

ㄱ
ㄲ

發音 ㄍㄍ

發音重點
「硬音」，靠喉嚨用力發出「ㄍㄍ」的音。

寫寫看！

小小叮嚀！

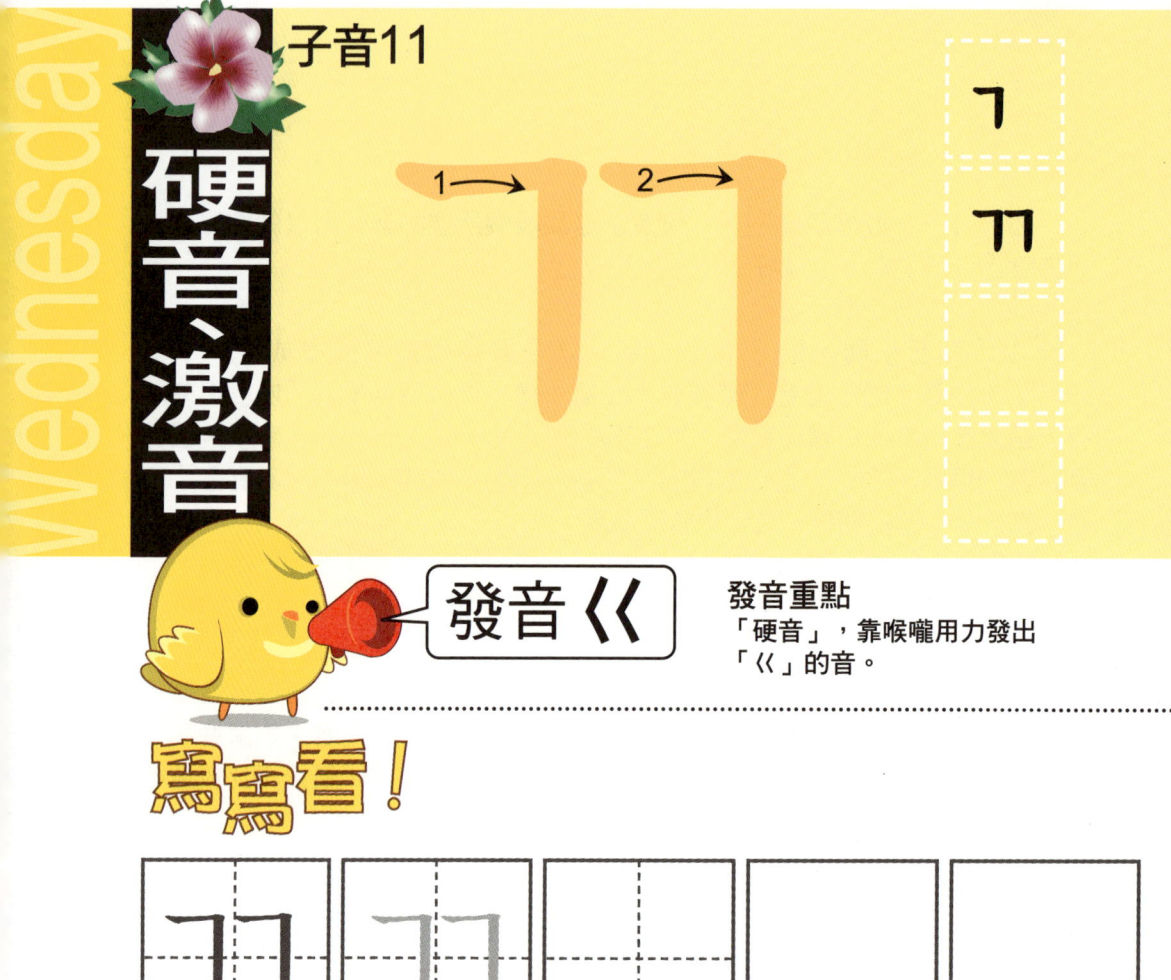

- 筆畫：將「ㄱ」寫兩次就行。（→「ㄱ」的筆畫請參考62頁）
- 注意！此子音依母音位置而有不同寫法。
  母音在右時：要變成斜斜的一撇。【例】까 꺄 꺼 껴 끼
  母音在下時：橫豎一樣長。【例】꼬 꾜 꾸 뀨 끄

大家的韓國語

ㄲ 有什麼？

- 꼬마
  (ㄍㄡ・ㄇㄚ)
  小孩子、小鬼

- 꼬리
  (ㄍㄡ・ㄌㄧ)
  尾巴

- 토끼
  (ㄊㄡ・ㄍㄧ)
  兔子

- 깨
  (ㄍㄝ)
  芝麻

說說看！

부끄러워요. 好害羞。
ㄅㄨ・ㄍ・ㄌㄛ・ㄨㄛ・ㄧㄡ

子音12

硬音、激音

Wednesday

ㅋ

發音 ㄎ

發音重點
「激音」，用力發出「ㄎ」的音，注意要像大吐氣一樣，氣從嘴巴裡「吐」出來才行。

寫寫看！

小小叮嚀！

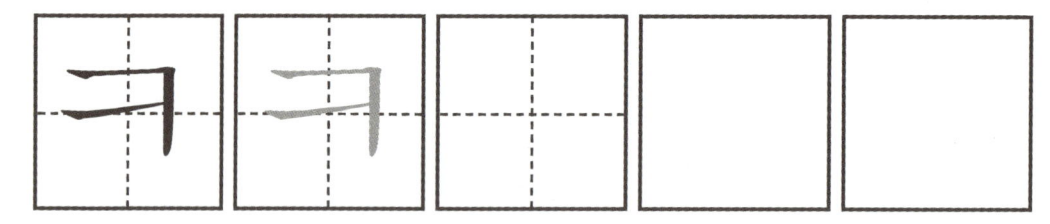

- 筆畫：「ㄱ」的中間添加一橫就變成「ㅋ」。
- 注意！此子音依母音位置，而有不同寫法。
  母音在右時：要變成斜斜的一撇。【例】카 캬 커 켜 키
  母音在下時：橫豎一樣長。【例】코 쿄 쿠 큐 크

ㅋ 有什麼？

◆ 코피
（ㄎㄡ.ㄆㄧ）
鼻血

◆ 커피
（ㄎㄛ.ㄆㄧ）
咖啡（coffee）

◆ 조카
（ㄗㄡ.ㄎㄚ）
姪子

◆ 코끼리
（ㄎㄡ.ㄍㄧ.ㄌㄧ）
大象

說說看！

聖誕快樂！（Merry Christmas）

메리 크리스마스!
ㄇㄝ.ㄌㄧ.　ㄎ.ㄌㄧ.ㄙ.ㄇㄚ.ㄙ

子音13

硬音、激音

Wednesday

ㄷ
ㄸ

發音ㄉ

發音重點
「硬音」，靠喉嚨用力發出「ㄉ」的音。

寫寫看！

ㄸ	ㄸ			

小小叮嚀！

- 筆畫：將「ㄷ」寫兩次就對了。（→「ㄷ」的筆畫請參考60頁）
- 「ㄸ」是「ㄴ」系列的子音（請參考46頁），發音時舌頭要碰一下上齒的後面。

ㄸ有什麼？

◆ 머리띠
（ㄇㄛ．ㄌㄧ．ㄉㄧ）
髮箍

◆ 허리띠
（ㄏㄛ．ㄌㄧ．ㄉㄧ）
腰帶

◆ 로또
（ㄌㄡ．ㄉㄡ）
樂透（Lotto）

說說看！

請跟我來。

따라 오세요.
ㄉㄚ． ㄉㄚ． ㄡ． ㄙㄝ．ㄧㄡ↘

硬音、激音

子音14

ㅡ
ㄹ
ㅌ

發音ㄊ

發音重點
「激音」，用力發出「ㄊ」，像大吐氣一樣，氣要從嘴裡「吐」出來才行。

寫寫看！

| ㅌ | ㅌ | | | |

小小叮嚀！

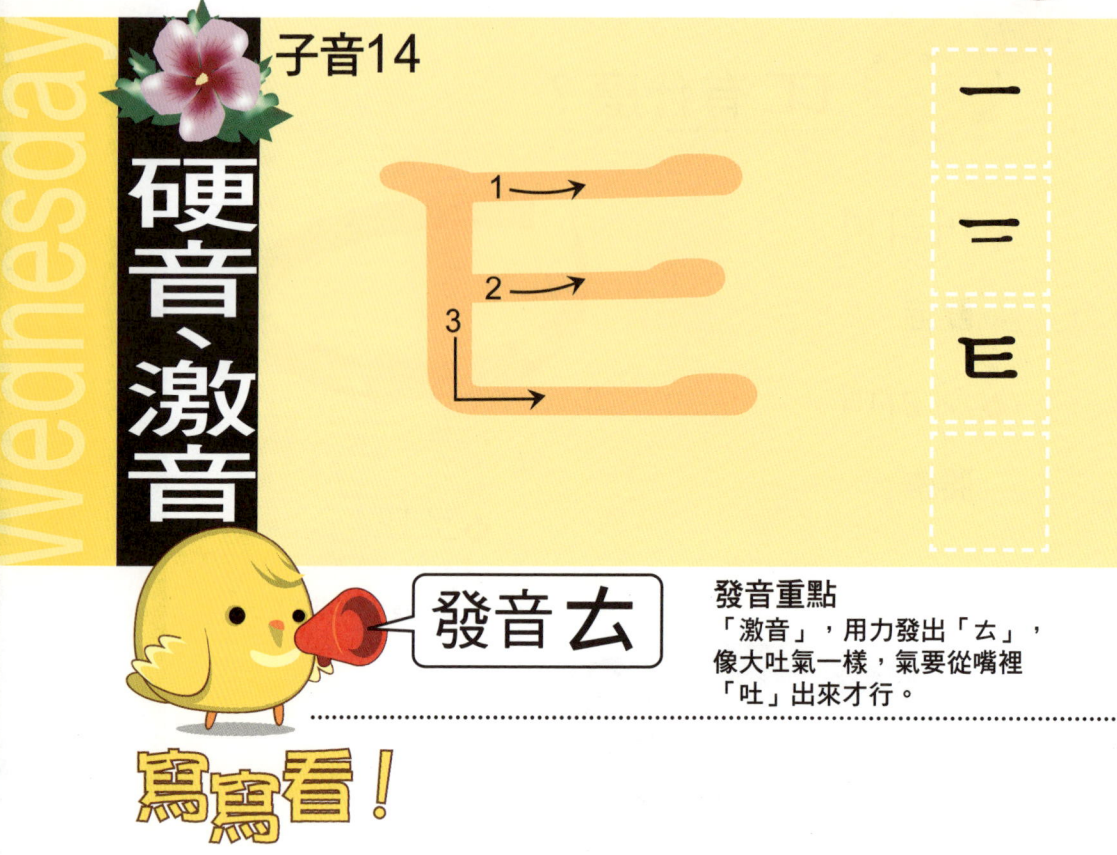

- 筆畫：「ㄷ」的中間添加一橫，就變成「ㅌ」。請注意上面的筆順。
- 「ㅌ」是「ㄴ」系列的子音（請參考46頁），發音時舌頭要碰一下上齒的後面。

ㅌ 有什麼？

- **토마토**
  (ㄊㄡ.ㄇㄚ.ㄊㄡ)
  番茄（tomato）

- **오토바이**
  (ㄡ.ㄊㄡ.ㄅㄚ.ㄧ)
  摩托車

- **코트**
  (ㄎㄡ.ㄊ)
  大外套（coat）

- **다이어트**
  (ㄊㄚ.ㄧ.ㄛ.ㄊ)
  減肥（diet）

說說看！

我想減肥。

다이어트하고 싶어요.　[시 퍼]

ㄊㄚ.ㄧ.ㄛ.ㄊ.ㄏㄚ.ㄍㄡ.ㄒㄧ.ㄆㄛ.ㄧㄡ

子音15

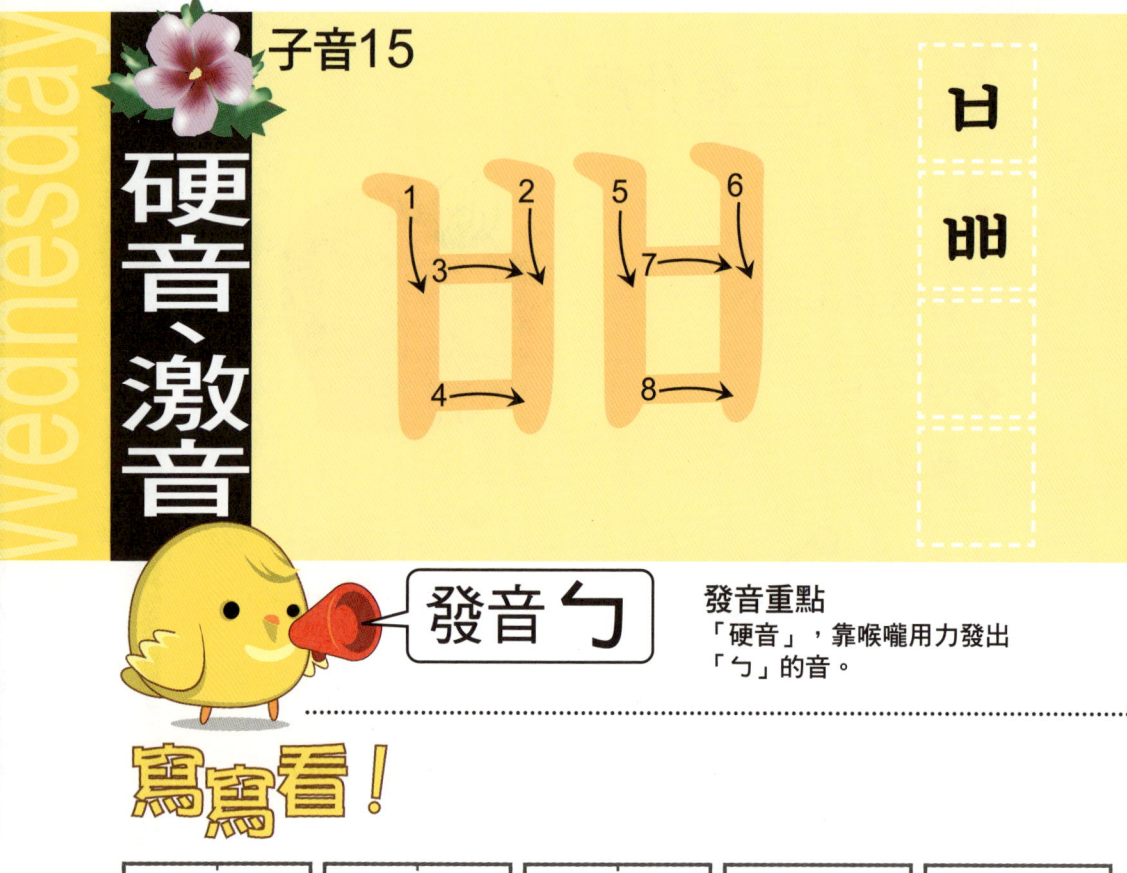

硬音、激音

ㅂ
ㅃ

發音ㄅ

發音重點
「硬音」，靠喉嚨用力發出「ㄅ」的音。

寫寫看！

| ㅃ | ㅃ | | | |

小小叮嚀！

- 筆畫：將「ㅂ」寫兩次就對了。（→「ㅂ」的筆畫請參考58頁）
- 「ㅃ」是「ㅁ」系列的子音（請參考46頁），發音時上下唇一定要碰一下。

ㅃ 有什麼？

◆ 아빠
（ㄚ.ㄅㄚ）
爸爸

◆ 오빠
（ㄡ.ㄅㄚ）
女生叫的「哥哥」

◆ 뽀뽀
（ㄅㄡ.ㄅㄡ）
親親

說說看！

기뻐요.　好開心。
ㄎㄧ.ㄅㄛ.ㄧㄡ↘

硬音、激音

子音16

ㅍ

發音ㄆ

發音重點
「激音」，以強烈口氣發出「ㄆ」，像大吐氣一樣，氣要從嘴裡「吐」出來。

寫寫看！

小小叮嚀！

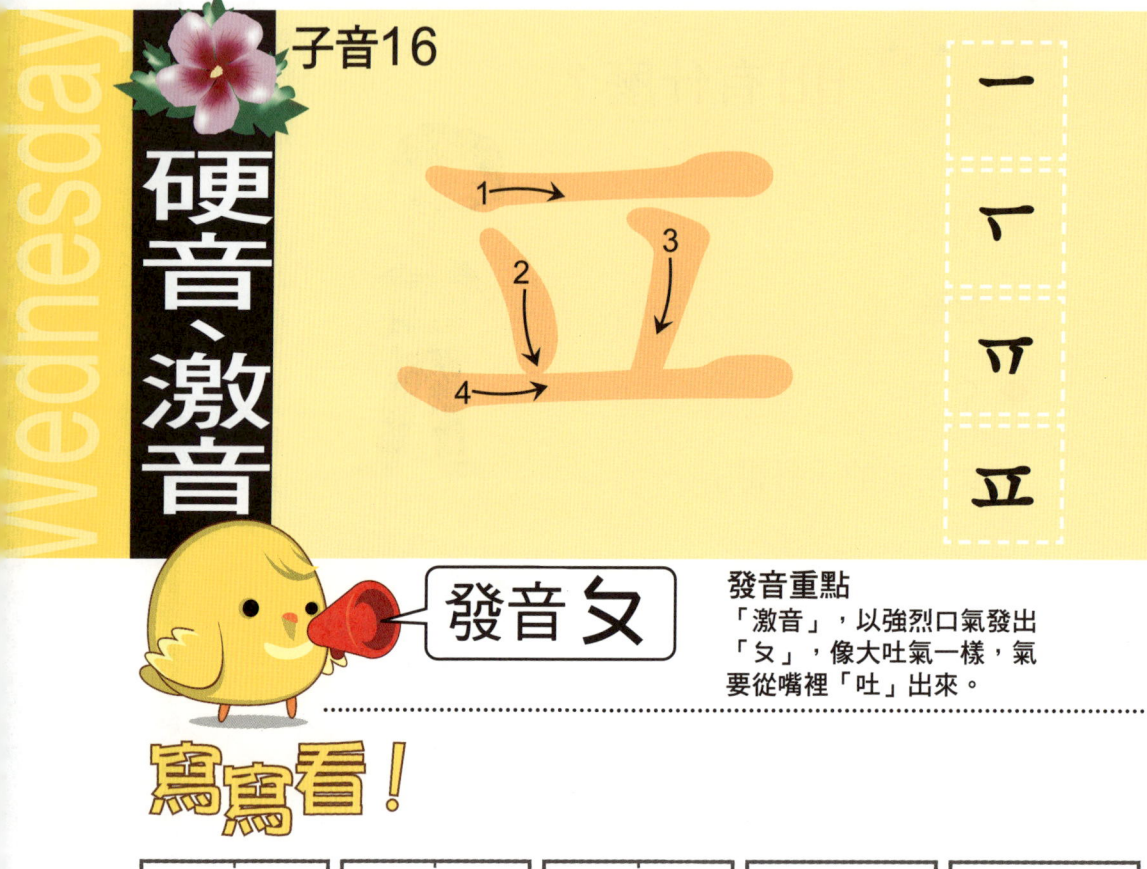

- 筆畫：將「ㅂ」原本有的兩橫拉長一點，一個寫在上面，一個寫在下面，就變成「ㅍ」。
- 「ㅍ」是「ㅁ」系列的子音（請參考46頁），發音時，上下唇一定要碰一下。

ㅍ 有什麼？

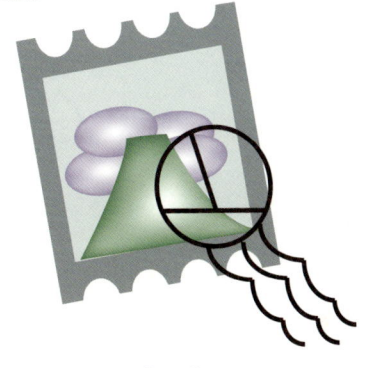

- **파**
  (ㄆㄚ)
  蔥

- **포도**
  (ㄆㄡ.ㄉㄡ)
  葡萄

- **피자**
  (ㄆㄧ.ㄗㄚ)
  比薩（pizza）

- **우표**
  (ㄨ.ㄆㄧㄡ)
  郵票

說說看！

배고파요. 肚子餓。

ㄆㄝ.ㄍㄡ.ㄆㄚ.ㄧㄡ

子音17

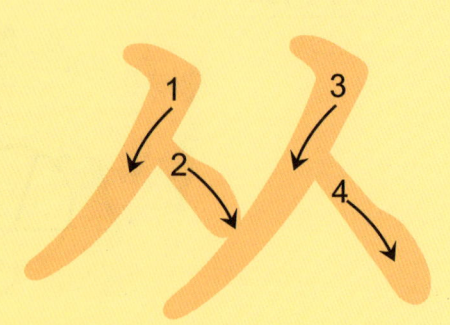

硬音、激音

Wednesday

ㅆ

ㅅ
ㅆ

發音ㅆ

發音重點
「硬音」，靠喉嚨用力發出「ㅆ」的音。

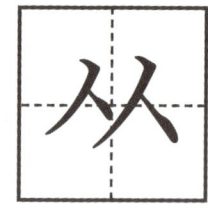

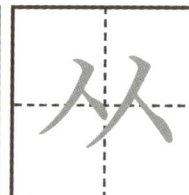

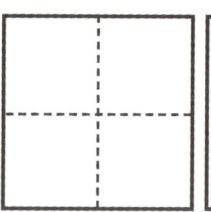

寫寫看！

ㅆ　ㅆ

小小叮嚀！

- 筆畫：將「ㅅ」寫兩次就對了。（→「ㅅ」的筆畫請參考66頁）
- 「ㅆ」是「ㅅ」系列的子音（請參考47頁），氣要由舌牙間出來。
- 「ㅅ」和母音「ㅣ」組合時，發出似中文的「西」。【例】시（ㄒㄧ）
  「ㅆ」和母音「ㅣ」組合時，發出似英文的「C」。【例】씨（ㄙㄧ）

从有什麼？

◆ 아가씨
（ㄚ．ㄍㄚ．ㄙㄧ）
小姐

◆ 아저씨
（ㄚ．ㄗㄛ．ㄙㄧ）
先生、大叔

◆ ～씨
（ㄙㄧ）
等於是中文的「～先生 / 小姐」，不分男女，只要姓名後方加上去就可以。

【例】
이미혜 씨
（ㄧ．ㄇㄧ．ㄏㄝ．ㄙㄧ）
李美惠 小姐

說說看！

비싸요.
ㄆㄧ．ㄙㄚ．ㄧㄡ↘

很貴。

子音18

硬音、激音

Wednesday

ㅈ
ㅉ

發音 ㄗ

發音重點
「硬音」，靠喉嚨用力發出「ㄗ」的音。

寫寫看！

小小叮嚀！

・筆畫：將「ㅈ」寫兩次就對了。（→「ㅈ」的筆畫請參考64頁）
・此子音還有另外一種寫法，就是「ㅉ」，但此種寫法多用於印刷字體，手寫時大部分還是用上面的寫法。

ㅉ有什麼？

◆ 가짜
（ㄎㄚ.ㄗㄚ）
假的

◆ 진짜
（ㄐㄧㄣ.ㄗㄚ）
真的

※ 中文有時可以用「真的假的？」來表達「是真的嗎？」的意思，但韓文則不行。只能說「是真的嗎？（정말이에요? ㄘㄛㄥ.ㄇㄚ.ㄌ一.ㄝ.一ㄡ↗）」這句話，向對方確認事情。

※ 按照發音規則，「정말이에요?」的實際發音為 [정마리에요]。（發音規則 → 請參考154頁）

說說看！

너무 짜요.   太鹹了。
ㄋㄛ.ㄇㄨ.ㄗㄚ.一ㄡ↘

子音19

硬音、激音

Wednesday

ㅊ

一 ㄱ ㅊ

發音 ㄘ/ㄑ

發音重點
「激音」，以強烈口氣發出「ㄘ」的聲音，和母音「ㅣ」組合時則發出「ㄑ」的聲音。

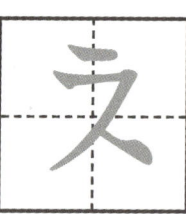

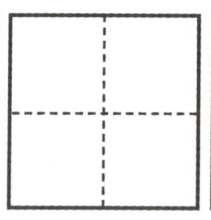

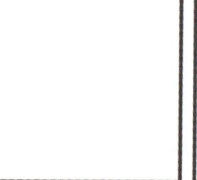

寫寫看！

| ㅊ | ㅊ | | | |

小小叮嚀！

- 筆畫：「ㅈ」上面添加短短的一點，就變成「ㅊ」。
- 此子音還有另外一種寫法，就是像中文的「大」字一樣的「ᄎ」，但此種寫法多用於印刷字體，手寫時大部分還是用上面的寫法。
- 注意！和母音「ㅣ」組合時，要發出「ㄑ」的聲音。
  【例】치（ㄑ一）

ㅊ 有什麼？

- 기차
 (ㄎㄧ.ㄘㄚ)
 火車

- 치마
 (ㄑㄧ.ㄇㄚ)
 裙子

- 고추
 (ㄎㄡ.ㄘㄨ)
 辣椒

- 유자차
 (ㄧㄨ.ㄗㄚ.ㄘㄚ)
 柚子茶

說說看！

추워요. 太冷了。
ㄘㄨ.ㄨㄛ.ㄧㄡ

本課重點

發音重點整理

子音	發音	發音重點
ㄲ	(ㄍ)	「硬音」，靠喉嚨用力發出「ㄍ」的音。
ㅋ	(ㄎ)	「激音」，以強烈口氣發出「ㄎ」的音。
ㄸ	(ㄉ)	「硬音」，靠喉嚨用力發出「ㄉ」的音。
ㅌ	(ㄊ)	「激音」，以強烈口氣發出「ㄊ」的音。
ㅃ	(ㄅ)	「硬音」，靠喉嚨用力發出「ㄅ」的音。
ㅍ	(ㄆ)	「激音」，以強烈口氣發出「ㄆ」的音。
ㅆ	(ㄙ)	「硬音」，靠喉嚨用力發出「ㄙ」的音。
ㅉ	(ㄗ)	「硬音」，靠喉嚨用力發出「ㄗ」的音。
ㅊ	(ㄘ/ㄑ)	「激音」，以強烈口氣發出「ㄘ」的音，和母音「ㅣ」組合時則發出「ㄑ」的音。

平音、硬音、激音的發音方式與練習

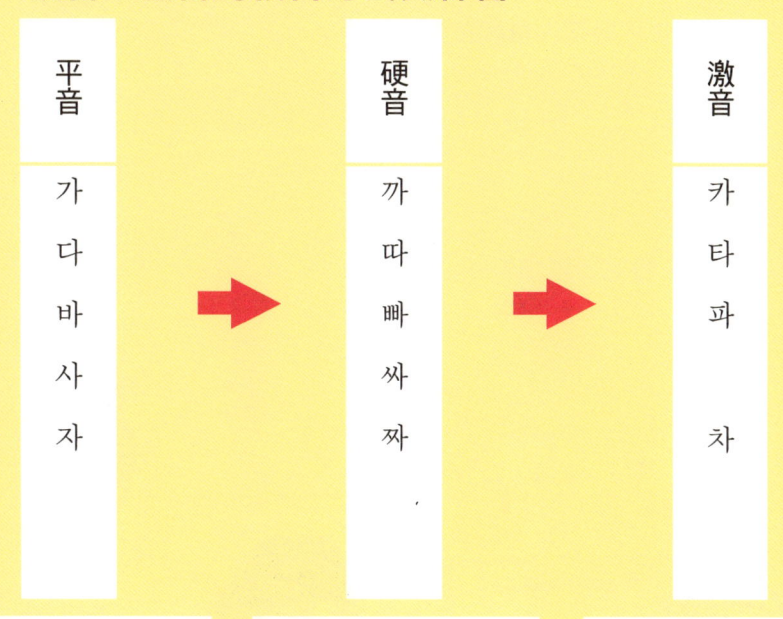

平音	硬音	激音
가 다 바 사 자	까 따 빠 싸 짜	카 타 파 차
發音自然、輕輕地唸	靠喉嚨用力唸	像大吐氣一樣，氣要從嘴裡「吐」出來

發音練習－跟著MP3唸唸看。

(1) 가까카　거꺼커　고꼬코　구꾸쿠　기끼키　그끄크
(2) 다따타　더떠터　도또토　두뚜투　디띠티　드뜨트
(3) 바빠파　버뻐퍼　보뽀포　부뿌푸　비삐피　브쁘프
(4) 사싸　서써　소쏘　수쑤　시씨　스쓰
(5) 자짜차　저쩌처　조쪼초　주쭈추　지찌치　즈쯔츠

自我練習

1 聽力練習－請把聽到的單詞寫出來。

（1）＿＿＿ （2）＿＿＿ （3）＿＿＿

2 單詞練習1－看插畫填填看。

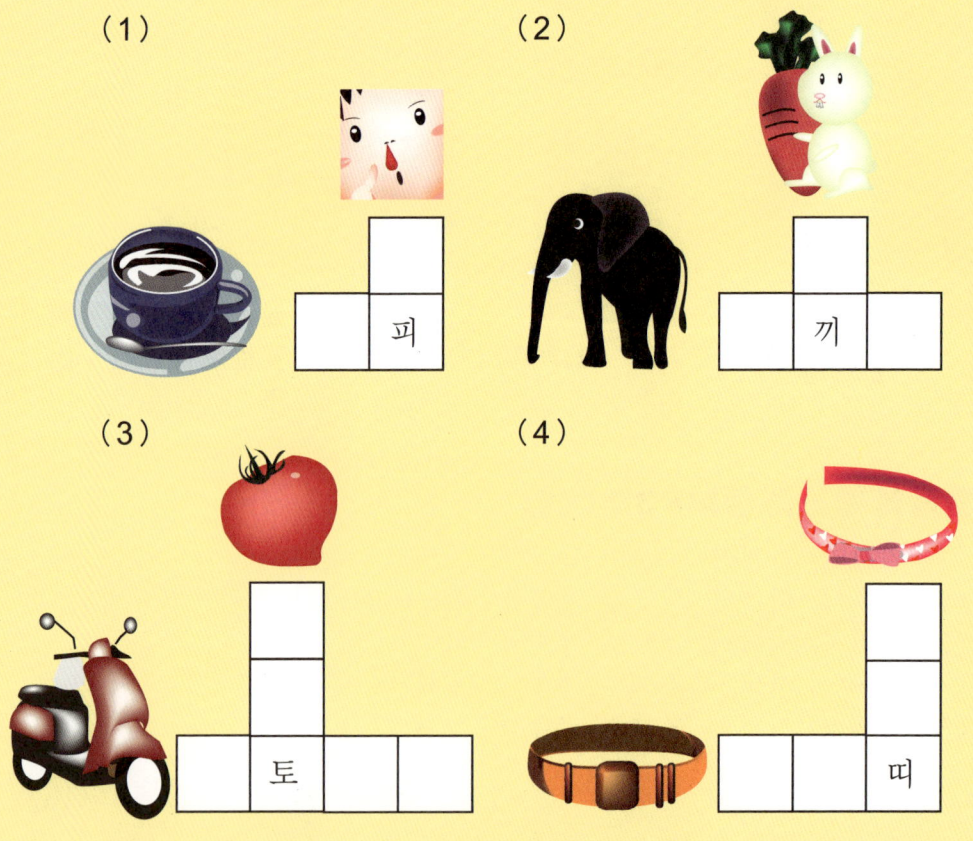

（1） ☐ 피 ☐

（2） ☐ 끼 ☐

（3） ☐ 토 ☐ ☐

（4） ☐ 띠 ☐

3 單詞練習2－請連連看。

우표　●　　　　　●

고추　●　　　　　●

라디오 ●　　　　●

뽀뽀　●　　　　　●

기차　●　　　　　●

모자　●　　　　　●

야구　●　　　　　●

코트　●　　　　　●

綠色
초 록 색
(ㄔㄡ.ㄌㄨㄎ.ㄙㄝㄎ)

星期四

[모 교]
목요일
（ㄇㄡ˙．ㄍ一ㄡ．一ㄹ）

複合母音

目標：學好11個「複合母音」！加油！

ㅐ ㅔ ㅒ ㅖ ㅘ
ㅚ ㅙ ㅞ ㅝ ㅟ ㅢ

學習要點

今天我們要學的是「複合母音」，所謂的「複合母音」，是前面我們學過的基本母音（請參考20頁）和其他母音組合而來的。所以，基本上將原本的兩個母音寫在一起，就會變成新的母音。【例】ㅗ ＋ ㅏ ＝ ㅘ

關於「複合母音」的發音，組合出來的新母音，有些是保留原本的兩個音，快速唸成新的音。
【例】ㅣ（ㄧ）＋ ㅐ（ㄝ）＝ ㅒ（ㄧㄝ）

有些新母音的發音，則與原本的兩個音完全無關。
【例】ㅏ（ㄚ）＋ ㅣ（ㄧ）＝ ㅐ（ㄝ）

還有，好幾個「複合母音」寫法雖然不同，但發音卻一樣。
在右頁的「ㅐ」和「ㅔ」，「ㅒ」和「ㅖ」，「ㅚ」、「ㅙ」和「ㅞ」的發音，嚴格來說，每個都是不同的音。但是由於它們發聲的部位和嘴型差異微小，聽起來卻差不多。在韓國，現在只有主播會唸得很清楚，一般人不會去區分這些。敢問，讀這本書的朋友們，有人想在韓國當主播嗎？如果沒這個打算，那我們外國朋友何必辛苦的練習，連大多數韓國人都不會唸的音呢？但是如果還是有人想學如何清楚區分那些差異，我會為你們再專門開一堂這樣的課。^^

注音！上面這幾個複合母音雖然發出一樣的音，但在背單詞和寫法上，還是要區分清楚，因為它們各有各的意思。
【例】개（ㄎㄝ）：狗 ／ 게（ㄎㄝ）：螃蟹

複合母音創造過程

- ㅏ + ㅣ = ㅐ
  ㅓ + ㅣ = ㅔ } ㄝ

- ㅣ + ㅐ = ㅒ
  ㅣ + ㅔ = ㅖ } ㄧㄝ

- ㅗ + ㅏ = ㅘ → ㄨㄚ
  ㅗ + ㅣ = ㅚ
  ㅗ + ㅐ = ㅙ } ㄨㄝ
  ㅜ + ㅔ = ㅞ

- ㅜ + ㅓ = ㅝ → ㄨㄛ
  ㅜ + ㅣ = ㅟ → ㄩ

- ㅡ + ㅣ = ㅢ → ㄜㄧ

Thursday 複合母音

複合母音1

ㅐ

ㅣ ㅏ ㅐ

發音 ㄝ

發音重點
嘴巴自然張開,發出「ㄝ」就對了。

寫寫看!

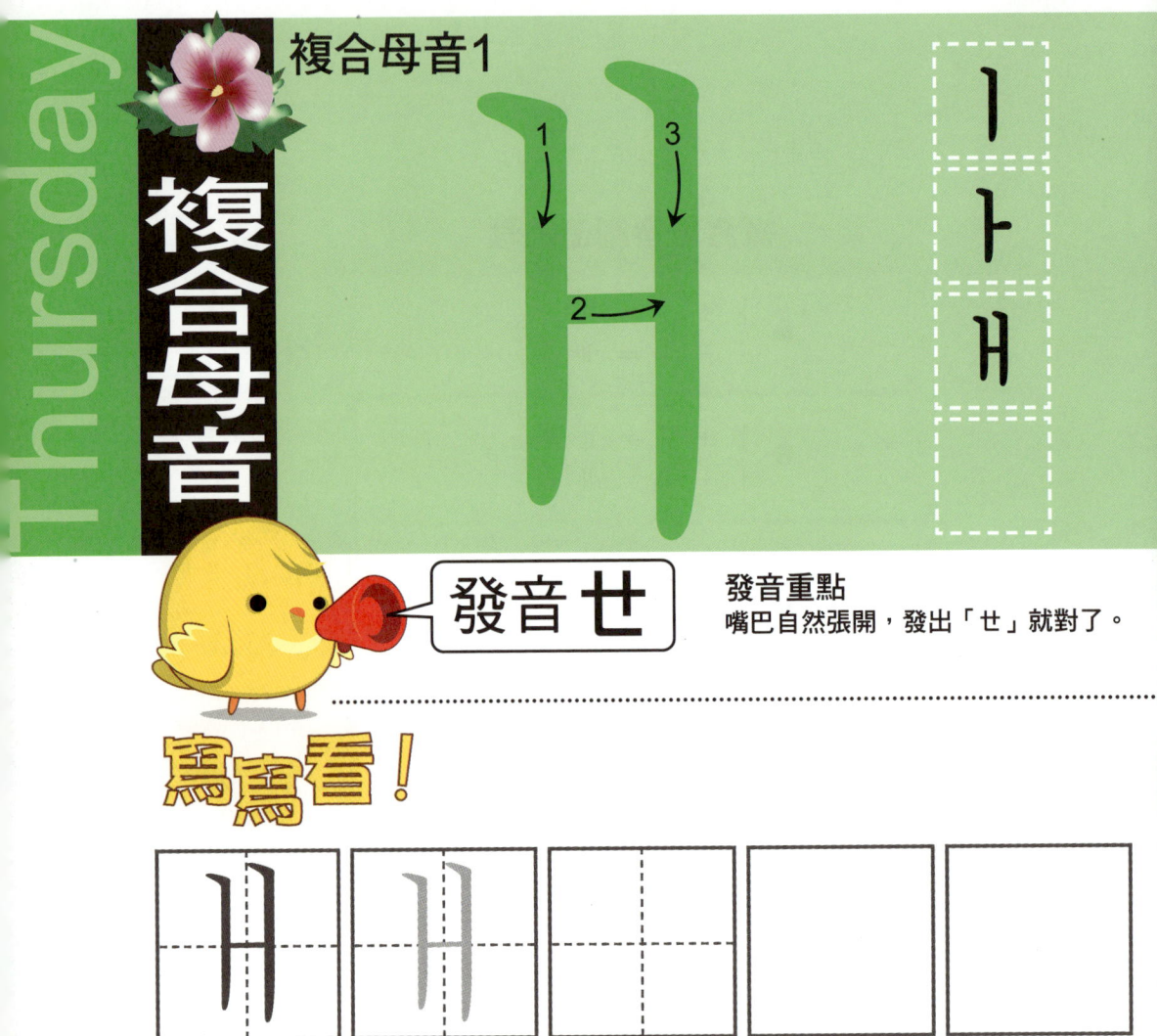

| ㅐ | ㅐ | | | |

小小叮嚀!
- 韓文的筆順是由左至右,所以先寫好「ㅏ」再添加「ㅣ」就對了。
- 通常第二豎會比第一豎長一點點。

ㅐ 有什麼？

- 배우
  （ㄆㄝ.ㄨ）
  演員

- 노래
  （ㄋㄡ.ㄌㄝ）
  歌

- 새우
  （ㄙㄝ.ㄨ）
  蝦

- 배추
  （ㄆㄝ.ㄘㄨ）
  白菜

說說看！

그래요.
ㄎ.ㄌㄝ.一ㄡ

好啊。
（對方提出意見時可用這句回答）

複合母音2

複合母音

ㅡ ㅓ ㅔ

發音 ㄝ

發音重點
嘴巴自然張開,發出「ㄝ」就對了。

寫寫看!

小小叮嚀!
- 韓文的筆順是由左至右,所以先寫好「ㅓ」再添加「ㅣ」就對了。
- 通常第二豎會比第一豎長一點點。

ㅔ 有什麼？

◆ 가게
（ㄎㄚ．ㄍㄝ）
商店

◆ 제주도
（ㄘㄝ．ㄗㄨ．ㄉㄡ）
濟州島

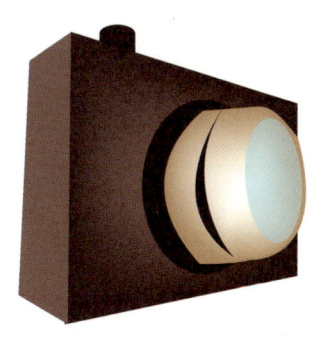

◆ 카메라
（ㄎㄚ．ㄇㄝ．ㄌㄚ）
相機（camera）

◆ 케이크
（ㄎㄝ．ㄧ．ㄎ）
蛋糕（cake）

說說看！

請算我便宜一點。

싸게 해 주세요.
ㅅㄚ．ㄍㄝ．ㄏㄝ．ㄘㄨ．ㄙㄝ．ㄧㄡ↘

Thursday 複合母音

複合母音3 ㅒ

ㅣ ㅏ ㅑ ㅒ

發音 ㅖ

發音重點
和子音「ㅇ」在一起時唸「ㅖ」，
和其他子音在一起時則唸成「ㅖ」。

寫寫看！

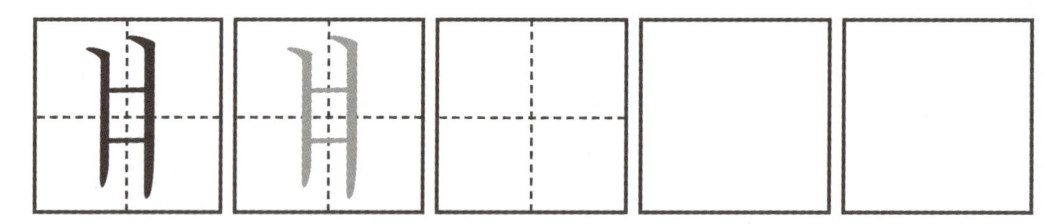

| ㅒ | ㅒ | | | |

小小叮嚀！

- 韓文的筆順是由左至右，所以先寫好「ㅑ」再添加「ㅣ」就對了。
  另外，通常第二豎會比第一豎長一點點。
- 「ㅒ」是由「ㅣ」和「ㅐ」組成的母音。
- 此母音有兩個唸法。和子音「ㅇ」在一起時：將「ㅣ」和「ㅐ」這
  兩個音快速唸成「ㅖ」。和其他子音在一起時：唸成「ㅖ」。
  【例】얘（ㅖ）、걔（ㄍㅖ）

ㅒ 有什麼？

◆ 얘기（「이야기 ㄧ.ㄧㄚ.ㄍㄧ」的縮寫）
（ㄧㄝ.ㄍㄧ）
談話、說法

◆ 애기
（ㄝ.ㄍㄧ）
小Baby

※ 注意！差一橫會變成完全不同的意思喔！

說說看！

我們談一談吧。

우리 얘기 좀 해요.
ㄨ.ㄉㄧ.ㄧㄝ.ㄍㄧ.ㄘㄡㅁ.ㄏㄝ.ㄧㄡˋ

嘴巴要輕輕地閉起來喔！

複合母音

複合母音4 ㅖ

ㅡ ㅕ ㅖ

發音 ㅣㅔ

發音重點
和子音「ㅇ」在一起時唸「ㅣㅔ」，
和其他子音在一起時則唸成「ㅔ」。

寫寫看！

小小叮嚀！

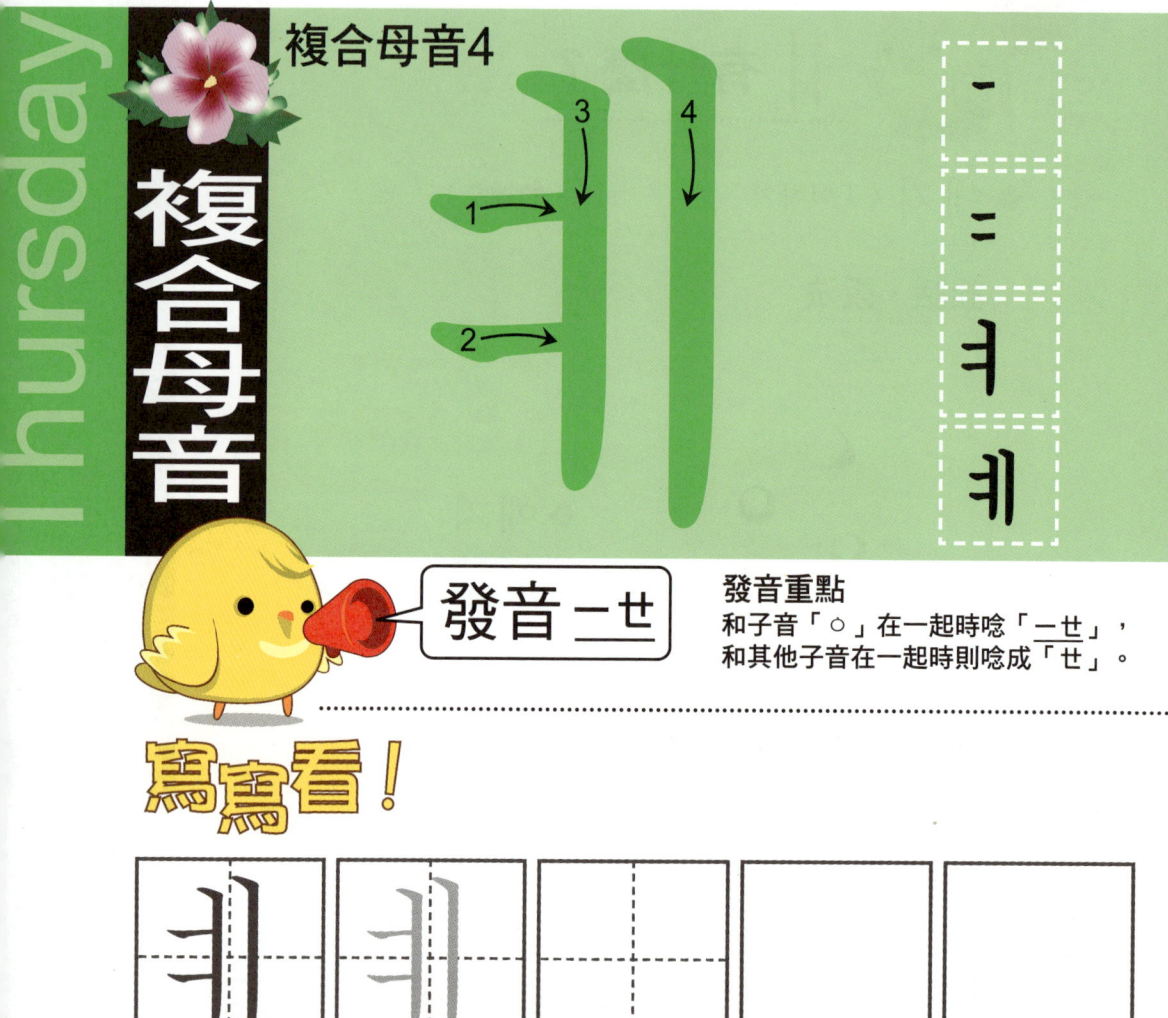

・韓文的筆順是由左至右，所以先寫好「ㅕ」再添加「ㅣ」就對了。
　另外通常第二豎會比第一豎長一點點。
・「ㅖ」是由「ㅣ」和「ㅕ」組成的母音。
・此母音有兩個唸法。和子音「ㅇ」在一起時：將「ㅡ」和「ㅔ」這
　兩個音快速度唸成「ㅣㅔ」。和其他子音在一起時：唸成「ㅔ」。
　【例】예（ㅣㅔ）、혜（ㄏㅔ）

ㅖ 有什麼？

- 예.
  （一ㄝ）
  是。（Yes的意思）

- 시계
  （ㄒ一．ㄍㄝ）
  時鐘

- 세계
  （ㄙㄝ．ㄍㄝ）
  世界

- 예외
  （一ㄝ．ㄨㄝ）
  例外

說說看！

예뻐요.　很漂亮。
一ㄝ．ㄅㄛ．一ㄡˋ

複合母音

複合母音5 — 과

發音 ㄨㄚ

發音重點
快速發出「ㄨㄚ」的音。

寫寫看！

小小叮嚀！

- 韓文的筆順是由左至右，所以先寫好「ㅗ」再添加「ㅏ」就對了。
- 「과」是由「ㅗ」和「ㅏ」組成的母音，書寫時「ㅗ」和「ㅏ」之間，留小小的空格也可以。
- 唸此音時，以「ㅗ（ㄨ）」的嘴型開始唸，以「ㅏ（ㄚ）」的嘴型結束，合起來變成一個音時，只要快速地唸成「ㄨㄚ」就對了。

과有什麼？

- 화가
 (ㄏㄨㄚ.ㄍㄚ)
 畫家

- 사과
 (ㄙㄚ.ㄍㄨㄚ)
 蘋果

- 과자
 (ㄎㄨㄚ.ㄗㄚ)
 餅乾

- 와인
 (ㄨㄚ.ㄧㄣ)
 紅酒（wine）

說說看！

내일 봐요. 明天見。
(ㄋㄝ.ㄧㄹ. ㄆㄨㄚ.ㄧㄡ→)

像英文的 L 音一樣，要將舌頭翹起來喔！

複合母音6 ㅚ

ㅣ ㅗ ㅚ

發音 ㄨㄝ

發音重點
快速發出「ㄨㄝ」的音。

寫寫看！

| ㅚ | ㅚ | | | |

小小叮嚀！

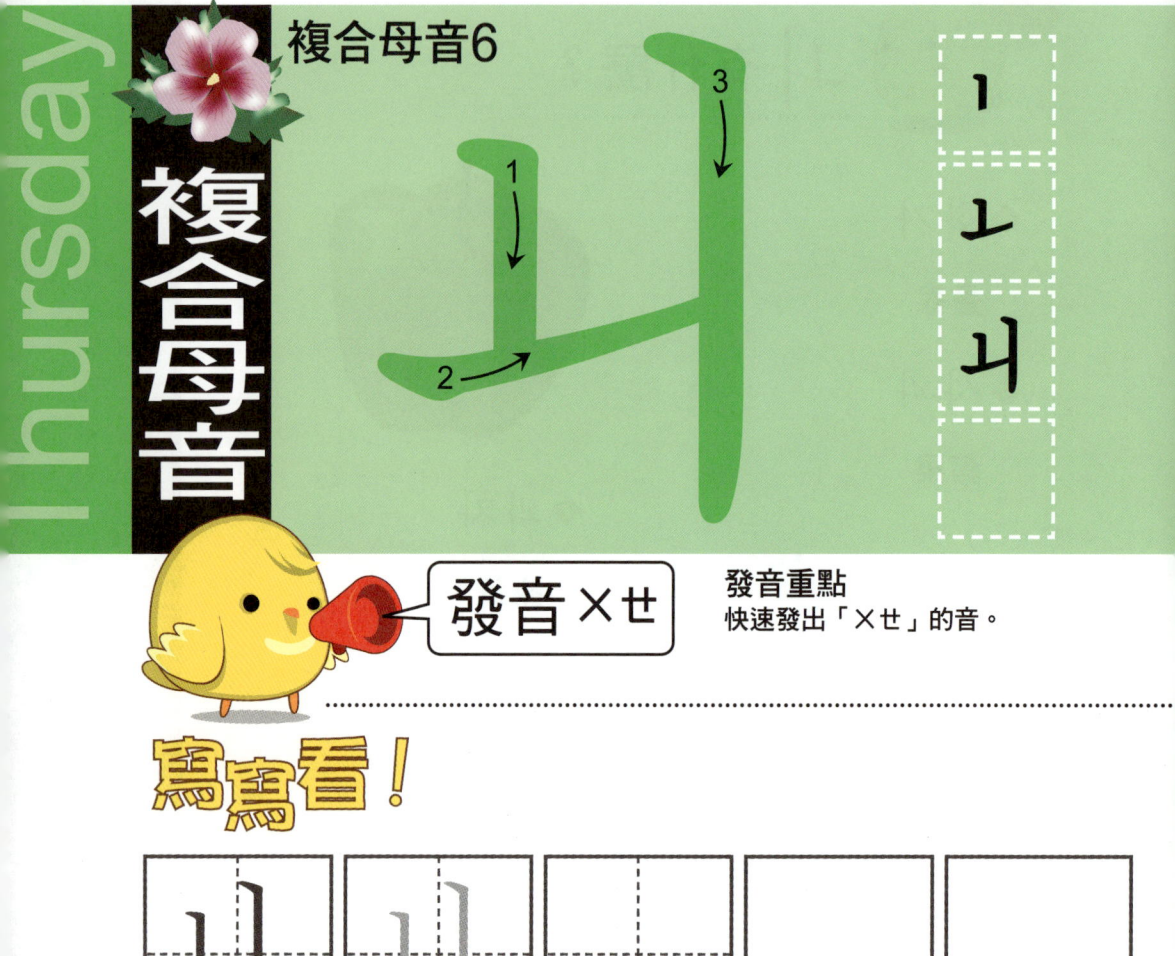

- 韓文的筆順是由左至右，所以先寫「ㅗ」再加「ㅣ」就對了。
- 「ㅚ」是由「ㅗ」和「ㅣ」組成的母音，書寫時「ㅗ」和「ㅣ」之間，留小小的空格也可以。

ㅚ 有什麼？

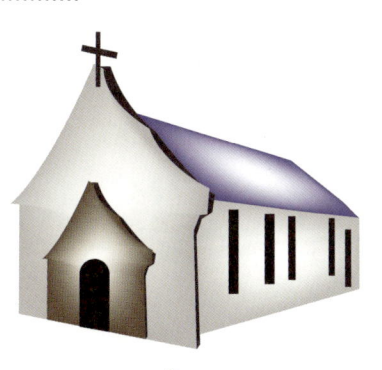

- 교회
  (ㄎㄧㄡ.ㄏㄨㄝ)
  教會

- 회사
  (ㄏㄨㄝ.ㄙㄚ)
  公司

- 교외
  (ㄎㄧㄡ.ㄨㄝ)
  郊外

- 외과
  (ㄨㄝ.ㄍㄨㄚ)
  外科

說說看！

외로워요. 好孤單。
ㄨㄝ.ㄌㄡ.ㄨㄛ.ㄧㄡ

複合母音 7

왜

ㅗ ㅟ ㅘ 왜

發音 ㄨㄝ

發音重點
快速發出「ㄨㄝ」的音。

寫寫看！

| 왜 | 왜 | | | |

小小叮嚀！

- 韓文的筆順是由左至右，所以先寫「ㅗ」再加「ㅐ」就對了。
- 「왜」是由「ㅗ」和「ㅐ」組成的母音，書寫時「ㅗ」和「ㅐ」之間，留小小的空格也可以。

ㅙ 有什麼？

◆ 돼지
（ㄊㄨㄝ．ㄐㄧ）
豬

◆ 돼지고기
（ㄊㄨㄝ．ㄐㄧ．ㄎㄡ．ㄍㄧ）
豬肉

◆ 왜요?
（ㄨㄝ．ーㄡˊ）
為什麼？

說說看！

안 돼요. 不行。
ㄢ．ㄊㄨㄝ．ーㄡˋ

複合母音8

ㅜ
ㅜ
ㅓ
ㅔ

發音重點
快速發出「ㄨㄝ」的音。

發音 ㄨㄝ

寫寫看！

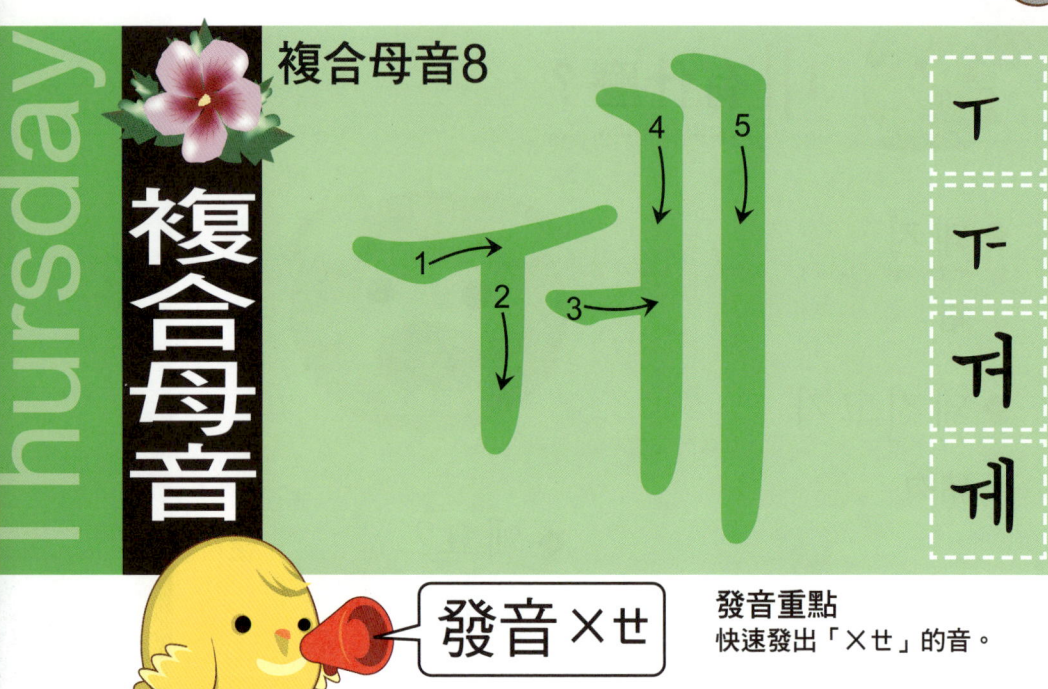

小小叮嚀！

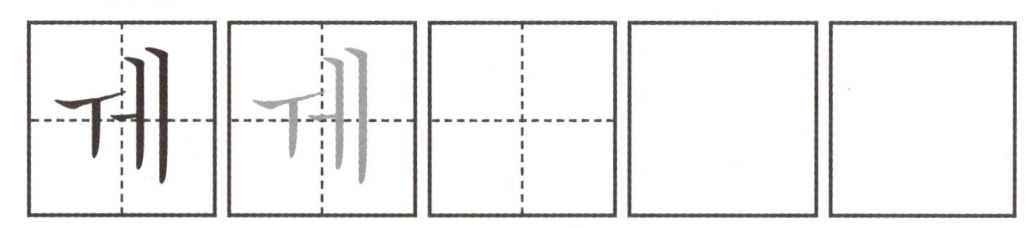

- 「ㅞ」是由「ㅜ」和「ㅔ」組成的母音，書寫時「ㅜ」和「ㅔ」之間，留小小的空格也可以。
- 注意！「ㅔ」短短的一橫，一定要寫在「ㅜ」的下方才行。
- 「ㅚ」、「ㅙ」和「ㅞ」用注音寫都是「ㄨㄝ」。但因為前面兩個是從陽性母音「ㅗ」出來的，而「ㅞ」則是從陰性母音「ㅜ」出來的，因此它的音比前面兩個低一點。

ㅞ 有什麼？

※「ㄨㅞ」是寫「外來語」時常用的母音。

◆ 웨이터
（ㄨㅝ．ㄧ．ㄊㄛ）
男生服務生（waiter）

◆ 웨딩드레스
（ㄨㅝ．ㄉㄧㄥ．ㄊ．ㄌㄝ．ㄙ）
婚紗（wedding dress）

◆ 웨딩사진
（ㄨㅝ．ㄉㄧㄥ．ㄙㄚ．ㄐㄧㄣ）
婚紗照（wedding +
韓文的「相片」）

說說看！

結婚快樂！

[겨 론] [추 카]
결혼 축하해요!
ㄎㄧㄛ．ㄌㄡㄥ．ㄑㄨ．ㄎㄚ．ㄏㄝ．ㄧㄡ．

此收尾音的發音
請參考130頁！

複合母音9 ㅝ

Thursday 複合母音

ㅡ ㅜ ㅜ ㅝ

發音 ㄨㄛ

發音重點
快速發出「ㄨㄛ」的音。

寫寫看！

小小叮嚀！

- 「ㅝ」是由「ㅜ」和「ㅓ」組成的母音,書寫時「ㅜ」和「ㅓ」之間,留小小的空格也可以。
- 注意!「ㅓ」的短短的一橫,一定要寫在「ㅜ」的下方才行。

ㅓ 有什麼？

◆ 더워요
（ㄊㄛ．ㄨㄛ．－ㄡˇ）
很熱

◆ 추워요
（ㄘㄨ．ㄨㄛ．－ㄡˇ）
很冷

◆ 어려워요
（ㄛ．ㄌ一ㄛ．ㄨㄛ．－ㄡˇ）
很難

◆ 쉬워요
（ㄒㄩ．ㄨㄛ．－ㄡˇ）
很容易、很簡單

說說看！

귀여워요.　很可愛。
ㄎㄩ．－ㄛ．ㄨㄛ．－ㄡˇ

複合母音 10

複合母音 ㅟ

ㅣ ㅜ ㅟ

發音 ㄩ

發音重點
發出類似「ㄩ」的音就好。

寫寫看！

小小叮嚀！

- 「ㅟ」是由「ㅜ」和「ㅣ」組成的母音，書寫時「ㅜ」和「ㅣ」之間，留小小的空格也可以。
- 注意！前面學過當「ㅅ」、「ㅈ」和「ㅊ」這三個子音遇到母音「ㅣ」時，發音會變成「ㄒ」、「ㄐ」和「ㄑ」。這些音和「ㅟ」在一起時，也要用那些音來唸。【例】쉬（ㄒㄩ）、쥐（ㄐㄩ）、취（ㄑㄩ）

※「ㅅ」、「ㅈ」、「ㅊ」的發音請參考66、64、90頁。

ㅟ 有什麼？

- 위
  (ㄨ)
  上面、胃

- 키위
  (ㄎㄧ.ㄨ)
  奇異果（kiwi）

- 귀
  (ㄎㄨ)
  耳朵

- 쥐
  (ㄐㄨ)
  老鼠

說說看！

剪刀石頭布！

가위 바위 보!

ㄎㄚ.ㄨ.　ㄆㄚ.ㄨ.　ㄆㄡ.

複合母音 11

複合母音 ㅓ

發音 ㄜㄧ

發音重點
像一個字一樣，快速發出「ㄜㄧ」的音。

寫寫看！

小小叮嚀！

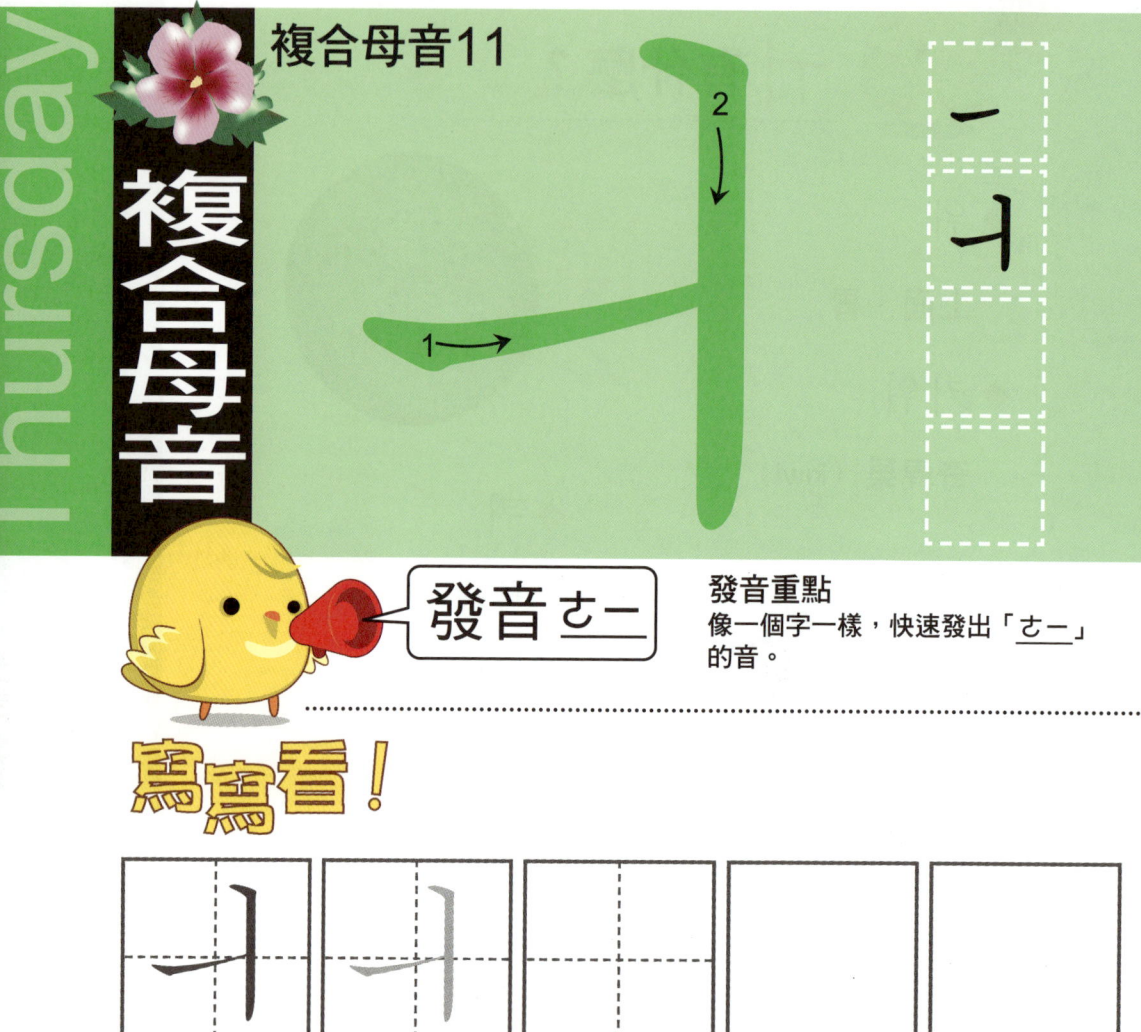

- 「ㅓ」是由「ㅡ」和「ㅣ」組成的母音，雖然原則上書寫時「ㅡ」和「ㅣ」之間留小小的空格也可以，不過建議初學者，還是像上面的筆畫一樣，寫成兩個母音黏在一起，以免對方看不懂。
- 這也是我們臺灣朋友最不會唸的發音之一，請跟著MP3多練習。
- 此母音的唸法總共有四個，如右頁。

ㅢ的四個唸法

① 和子音「ㅇ」在一起，而且當單詞的第一個字時 → 照原來的音唸「ㄜㄧ」

【例】　　의사　　　　　　　　의자
　　　　（ㄜㄧ．ㄙㄚ）　　　（ㄜㄧ．ㄗㄚ）
　　　　　醫生　　　　　　　　椅子

② 和子音「ㅇ」在一起，而且當非字首時 → 要唸成「ㄧ」

【例】　　회의　　　　　　　　주의
　　　　（ㄏㄨㄝ．ㄧ）　　　（ㄘㄨ．ㄧ）
　　　　　會議　　　　　　　　注意

③ 和其他子音在一起時（不用管單詞裡的位置）→ 要唸成「ㄧ」

【例】　　저희　　　　　　　　희망
　　　　（ㄘㄛ．ㄏㄧ）　　　（ㄏㄧ．ㄇㄤ）
　　　　　我們　　　　　　　　希望

④ 當「의」在句子裡有中文「的」的意思時 → 要唸成「ㄝ」

【例】　　오빠의 여자친구：哥哥的女朋友
　　　　（ㄡ．ㄅㄚ．ㄝ．ㄧㄛ．ㄗㄚ．ㄑㄧㄣ．ㄍㄨ）

一週學好韓語40音

本課重點

發音重點整理

母音	發音	發音重點
ㅐ ㅔ	(ㄝ)	嘴巴自然張開，發出「ㄝ」就對了。
ㅒ ㅖ	(ㄧㄝ)	和子音「ㅇ」在一起時唸「ㄧㄝ」，和其他子音在一起時則唸成「ㄝ」。
ㅘ	(ㄨㄚ)	快速發出「ㄨㄚ」的音。
ㅚ ㅙ	(ㄨㄝ)	快速發出「ㄨㄝ」的音。
ㅞ		此音的「ㄨㄝ」比上面兩個低一點。
ㅝ	(ㄨㄛ)	快速發出「ㄨㄛ」的音。
ㅟ	(ㄩ)	發出類似「ㄩ」的音就對了。 注意：쉬（ㄒㄩ）、쥐（ㄐㄩ）、취（ㄑㄩ）
ㅢ	(ㄜㄧ)	總共有四個唸法，如121頁。

自我練習

MP3 45

1. 聽力練習1－將聽到的單詞，在口裡打勾。

　（1）☐ 배추　　☐ 배우
　（2）☐ 교외　　☐ 교회
　（3）☐ 세계　　☐ 시계

2. 聽力練習2－請把聽到的單詞寫出來。

　（1）＿＿＿　（2）＿＿＿　（3）＿＿＿

3. 單詞練習－請連連看。

카메라

돼지

의자

새우

藍色
파란색
(ㄆㄚ.ㄌㄢ.ㄙㄝ)

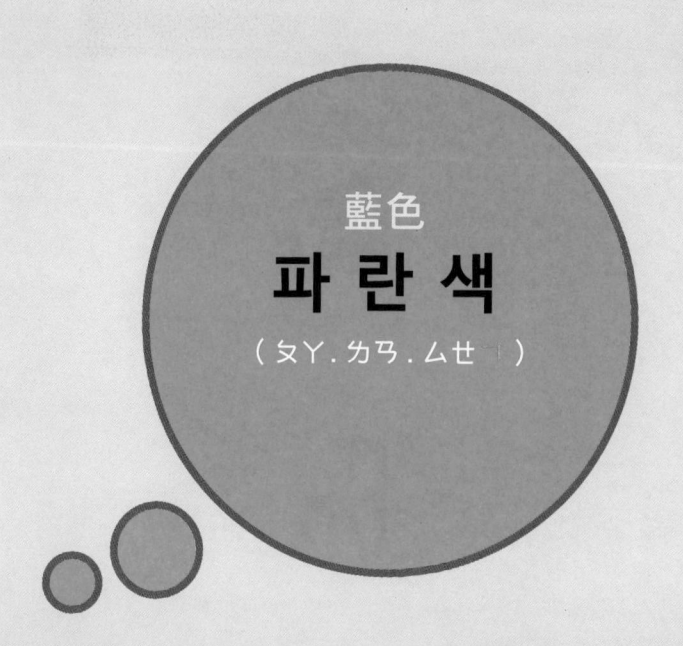

星期五

[그 묘]
금요일
（ㄎ．ㄇㄧㄡ．ㄧㄌ）

收尾音

目標：學好7個「收尾音」！加油！

ㄱ ㄴ ㄷ ㄹ
ㅁ ㅂ ㅇ

學習要點

今天是第五天上課,大家還記得過去四天我們學到哪些內容嗎?

星期一	基本母音	ㅏ ㅓ ㅗ ㅜ ㅣ ㅡ ㅑ ㅕ ㅛ ㅠ
星期二	子音1(平音)	ㅇ ㄴ ㅁ ㄹ ㅎ ㅂ ㄷ ㄱ ㅈ ㅅ
星期三	子音2(硬音和激音)	ㄲ ㅋ ㄸ ㅌ ㅃ ㅍ ㅆ ㅉ ㅊ
星期四	複合母音	ㅐ ㅔ ㅒ ㅖ ㅘ ㅚ ㅙ ㅞ ㅝ ㅟ ㅢ

沒錯!我們已經把最基礎的「韓語40音(包含21個母音和19個子音)」學完了,相信大家也很有成就感吧!不過,如果想要完全掌握「韓國字(한글 ㄏㄢ.ㄍㄜㄌ)」,還要學會「收尾音(받침 ㄆㄚㄷ.ㄑㄧㅡㅁ)」才行。

韓語的結構:

結構 1　只有一個子音與母音在一起,子音寫在母音的左邊或上面。
【例】ㄱ + ㅏ = 가 / ㄴ + ㅗ = 노

結構 2　「結構1」下方再加一個或兩個子音。
【例】ㄱ + ㅏ + ㅇ = 강 / ㄴ + ㅗ + ㄹ = 놀
　　　ㄷ + ㅏ + ㄹㄱ = 닭
後來再加上去的藍字子音,就叫做「收尾音」。

前面我們學過韓國字有兩個結構方式。到目前我們練習過的單詞都屬於「結構1」,而為了能夠唸「結構2」方式的單詞,我們今天就要把「收尾音」學好。

韓語裡，19個子音當中，除了「ㄸ、ㅃ、ㅉ」以外，其它十六個子音都可以當「收尾音」。有時候連不同的2個子音，也可以組合成一個「收尾音」。【例】값

但這麼多種的收尾音，實際上他們的發音可歸納為7個代表音，如下：

代表音	收尾音
ㄱ	ㄱ ㅋ ㄲ ㄳ ㄺ
ㄴ	ㄴ ㄵ ㄶ
ㄷ	ㄷ ㅅ ㅈ ㅊ ㅌ ㅎ ㅆ
ㄹ	ㄹ ㄼ ㄽ ㄾ ㅀ
ㅁ	ㅁ ㄻ
ㅂ	ㅂ ㅍ ㅄ ㄿ
ㅇ	ㅇ

　　本書中，一些能用注音符號表達的「收尾音」，會盡量用注音來寫。
【例】아（ㄚ）＋ ㄴ ＝ 안（ㄚ→ㄢ）
　　但一些無法用注音符號表達的音，就直接用原本收尾音的代表音來做記號。【例】가（ㄎㄚ）＋ ㅁ ＝ 감（ㄎㄚㅁ）

　　我們先瞭解一下每個「收尾音代表音」的發音方式後，再拿一些日常生活中常用的「外來語」與「韓國料理的菜名」來練習發音。剛開始，可能會覺得這些「收尾音」不好學。但只要能過這關，以後看到任何的韓國字，都可以輕鬆唸出來喔！想像一下，未來的你看著韓文歌詞跟著你的偶像歌手唱韓文歌的樣子吧！這個目標就快實現了，要加油囉！

Friday 收尾音

收尾音1

ㄱ

發音重點
急促短音，嘴巴不能閉起來，用喉嚨的力量把聲音發出。

寫寫看！

採用「아」這個「結構1」單詞來寫寫看這個「收尾音」！

| 악 | 악 | | | |

小小叮嚀！

- 大家唸唸看閩南語「殼」，靠喉嚨發音的感覺就是收尾音「ㄱ」的特色，因此將剛才發的音用韓文寫的話，就是「각（ㄎㄚㄍ）」。
- 注意！「ㄱ」是收尾音「ㄱ」「ㅋ」「ㄲ」「ㄳ」「ㄺ」的代表音，雖然寫法不同，但發音是一模一樣喔！

【例】각 = 갘 = 갂 = 갔 = 갉：（ㄎㄚㄍ）

收尾音 ㄱ 有什麼？

◆ 책
（ㄔㄝㄱ）
書

◆ 수박
（ㄙㄨ．ㄅㄚㄱ）
西瓜

◆ 부엌
（ㄆㄨ．ㄛㄱ）
廚房

◆ 닭
（ㄊㄚㄱ）
雞

說說看！

택시~
ㄊㄝㄱ．ㄒㄧ—→

計程車~
（在韓國叫計程車，可邊揮手邊講 taxi。）

收尾音2

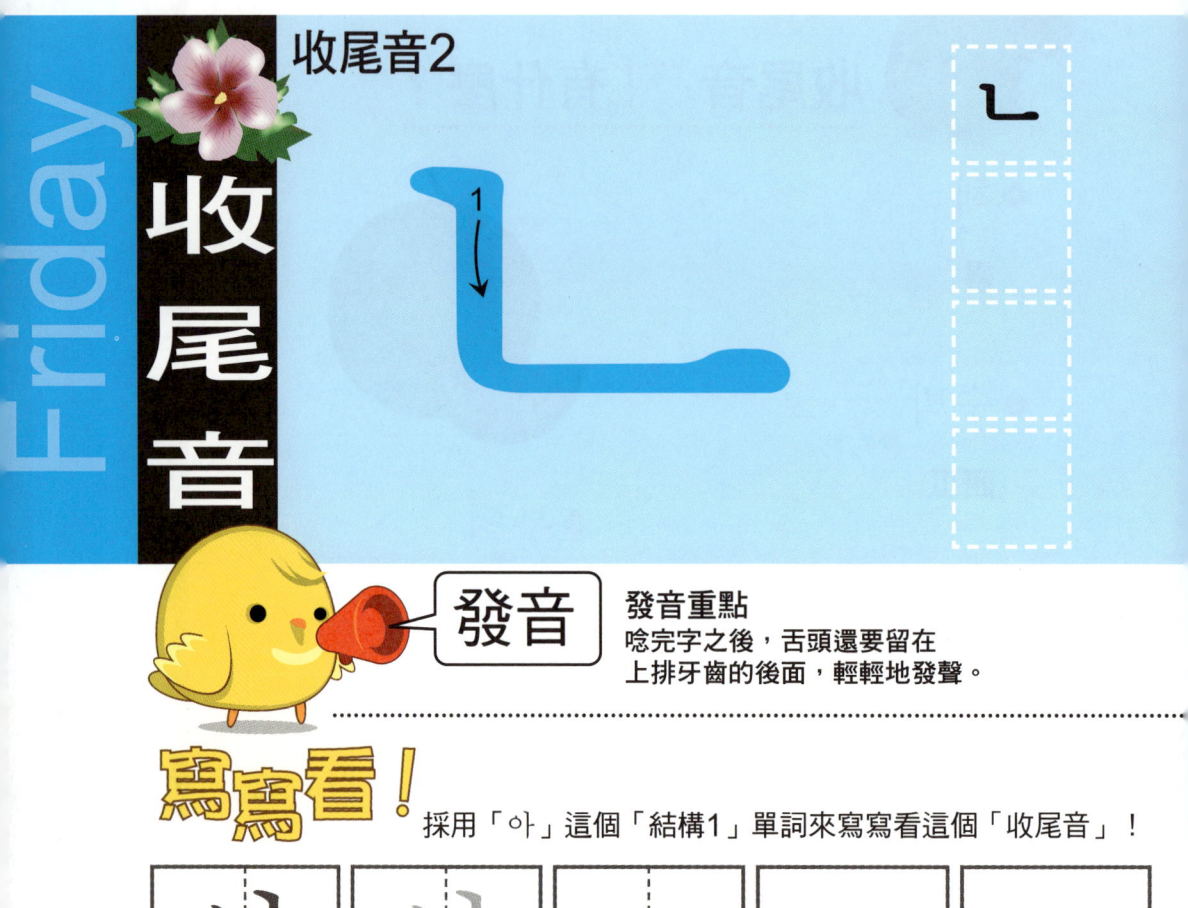

ㄴ

發音重點
唸完字之後，舌頭還要留在上排牙齒的後面，輕輕地發聲。

寫寫看！

採用「아」這個「結構1」單詞來寫寫看這個「收尾音」！

| 안 | 안 | | | |

小小叮嚀！

- 大家唸唸看國語「安」，唸完之後，舌頭仍留在上排牙齒的後面吧！這就是收尾音「ㄴ」的特色，因此「安」的發音用韓文寫的話，就是「안（ㄚㄴ＝ㄢ）」。
- 注意！「ㄴ」是收尾音「ㄴ」「ㄵ」「ㄶ」的代表音，雖然寫法不同，但發音是一模一樣喔！【例】안＝앉＝않：（ㄚㄴ＝ㄢ）

收尾音 ㄴ 有什麼？

◆ 언니
（ㄛㄴ=ㄛㄣ.ㄋ一）
女生叫的「姊姊」

◆ 친구
（ㄑ一ㄴ=ㄑ一ㄣ.ㄍㄨ）
朋友

◆ 대만
（ㄊㄝ.ㄇㄚㄴ=ㄇㄢ）
臺灣

◆ 한국
（ㄏㄚㄴ=ㄏㄢ.ㄍㄨㄱ）
韓國

說說看！
很高興認識你。

만나서 반가워요.
ㄇㄢ.ㄋㄚ.ㄙㄛ. ㄅㄢ.ㄍㄚ.ㄨㄛ.一ㄡ↘

收尾音3 ㄷ

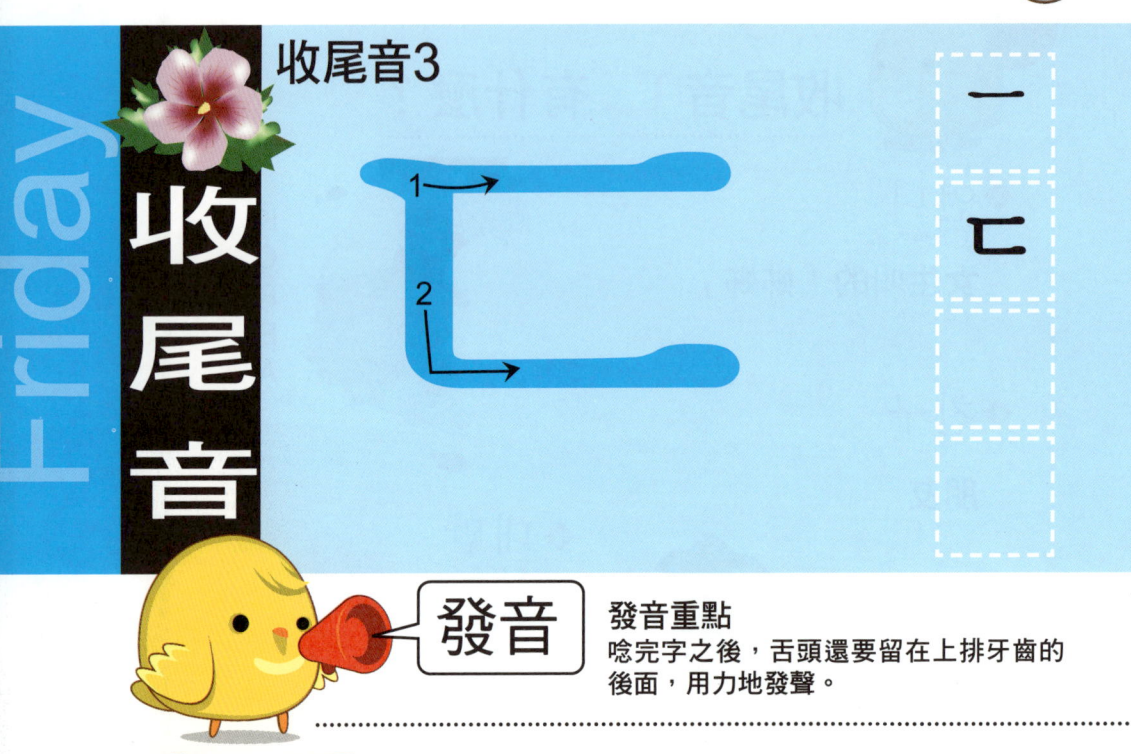

Friday

發音重點
唸完字之後，舌頭還要留在上排牙齒的後面，用力地發聲。

寫寫看！

採用「아」這個「結構1」單詞來寫寫看這個「收尾音」！

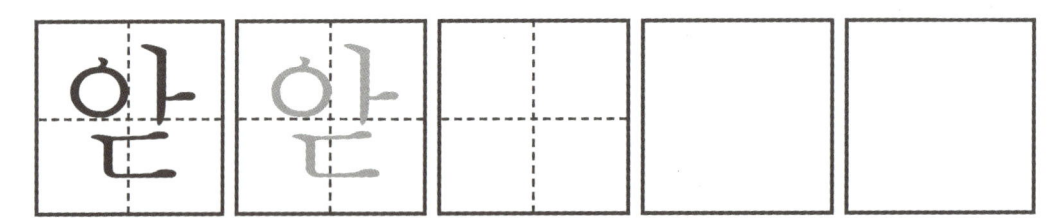

| 앋 | 앋 | | | |

小小叮嚀！

- 收尾音「ㄷ」的發音方式，也是唸完字之後，舌頭還要留在上排牙齒的後面，只不過這個音要比「ㄴ」還用力發音才行。大家唸唸看閩南語的「踢」，它的發音用韓文寫的話，就是「닫（ㄊㄚㄷ）」。
- 注意！「ㄷ」是收尾音「ㄷ」「ㅅ」「ㅈ」「ㅊ」「ㅌ」「ㅎ」「ㅆ」的代表音，雖然寫法不同，但發音是一模一樣喔！
  【例】닫＝닷＝닺＝닻＝닽＝닿＝닸：（ㄊㄚㄷ）

收尾音 ㄷ 有什麼？

- 낮
 （ㄋㄚㄷ）
 白天

- 옷
 （ㄡㄷ）
 衣服

- 꽃
 （ㄍㄡㄷ）
 花

- 젓가락
 （ㄑㄛㄷ．ㄍㄚ．ㄌㄚㄍ）
 筷子

說說看！

하나 둘 셋!
ㄏㄚ．ㄋㄚ．ㄊㄨㄹ．ㄙㄝㄷ．

一二三！
（拍照讀秒時可講）

收尾音4

Friday

ㄹ

ㄱ　ㄲ　ㄹ

發音重點
像英文 L 的發音一樣，要將舌頭翹起來。

寫寫看！

採用「아」這個「結構1」單詞來寫寫看這個「收尾音」！

알　알

小小叮嚀！

- 國語「哪兒」的「兒」發「儿」的音，很接近收尾音「ㄹ」的發音方式。這個音用韓文寫的話，就是「얼（ㄹ）」。不過唸收尾音「ㄹ」時，舌頭只會翹起來而已，不像「儿」那樣捲。
- 注意！「ㄹ」是收尾音「ㄹ」、「ㄺ」、「ㄵ」、「ㄾ」、「ㅀ」的代表音，雖然寫法不同，但發音是一模一樣喔！
【例】얼＝얾＝없＝얼＝얾：（ㄹ）

收尾音 ㄹ 有什麼？

- 호텔
  （ㄏㄡ.ㄊㄝㄹ）
  飯店（hotel）

- 딸기
  （ㄉㄚㄹ.ㄍㄧ）
  草莓

- 지하철
  （ㄑㄧ.ㄏㄚ.ㄘㄛㄹ）
  捷運

- 일본
  （ㄧㄹ.ㄅㄡㄴ）
  日本

說說看！

얼마예요?

多少錢？

ㄛㄹ.ㄇㄚ.ㄧㄝ.ㄧㄡ↗

Friday 收尾音5

ㅁ

筆順：ㅣ → ㅁ → ㅁ

發音
發音重點
將嘴巴輕輕地閉起來。

寫寫看！

採用「아」這個「結構1」單詞來寫寫看這個「收尾音」！

| 암 | 암 | | | |

小小叮嚀！

・收尾音「ㅁ」的特色，就是像唸閩南語「貪」一樣，要把嘴巴輕輕地閉起來。因此閩南語「貪」的發音用韓文寫的話，就是「탐（ㄊㄚㅁ）」。

・注意！「ㅁ」是收尾音「ㅁ」「ㄻ」的代表音，雖然寫法不同，但發音是一模一樣喔！

【例】탐＝턻：（ㄊㄚㅁ）

收尾音 ㅁ 有什麼？

- 김치
  (ㄎㄧㅁ.ㄑㄧ)
  韓國泡菜（＝辛奇）

- 인삼
  (ㄧㄣ.ㄙㅏㅁ)
  人參

- 엄마
  (ㄛㅁ.ㅁㄚ)
  媽媽

- 컴퓨터
  (ㄎㄛㅁ.ㄆㄧㄨ.ㄊㄛ)
  電腦（computer）

說說看！

잠시만요. 請等一下。
ㄐㄚㅁ.ㄒㄧ.ㄇㄢ.ㄧㄡ↘

收尾音6 ㅂ

ㅣ
ㅔ
ㅐ
ㅂ

發音

發音重點
將嘴巴用力地閉起來。

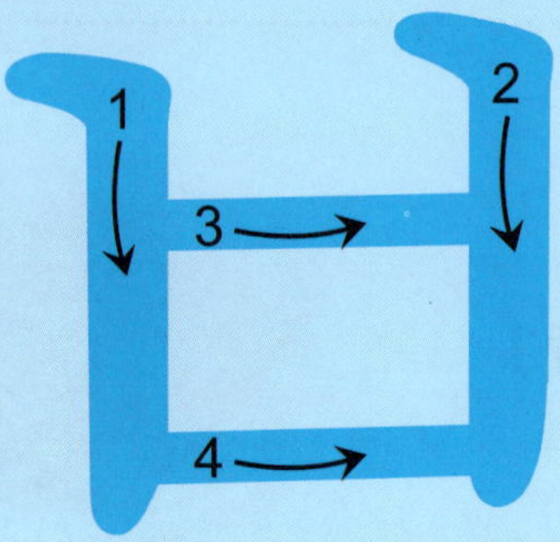

寫寫看！

採用「아」這個「結構1」單詞來寫寫看這個「收尾音」！

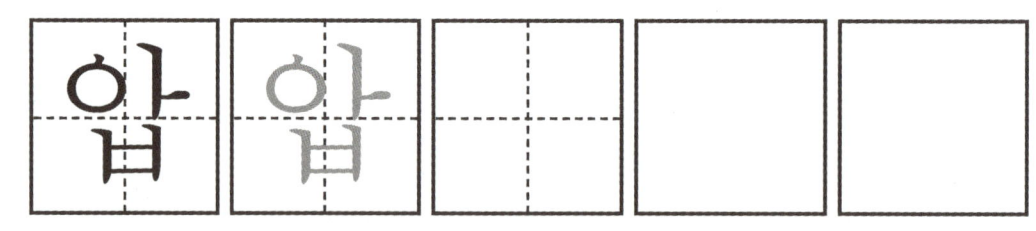

| 압 | 압 | | | |

小小叮嚀！

- 收尾音「ㅂ」的特色，就是像唸閩南語「合」一樣，要把嘴巴用力地閉起來。閩南語「合」的發音，用韓文寫，就是「합（ㄏㄚㅂ）」。請記得收尾音「ㅁ」是輕輕地合嘴，而「ㅂ」則要用力地合嘴。
- 注意！「ㅂ」是收尾音「ㅂ」「ㅍ」「ㅄ」「ㄼ」的代表音，雖然寫法不同，但發音是一樣喔！【例】합＝핲＝핪＝핣：（ㄏㄚㅂ）

收尾音 ㅂ 有什麼？

- 밥
  (ㄆㄚㅂ)
  飯

- 집
  (ㄑㅣㅂ)
  家

- [찌]
  잡지
  (ㄘㄚㅂ.ㄗㅣ)
  雜誌

- 지갑
  (ㄑㅣ.ㄍㄚㅂ)
  錢包

說說看！

請給我拌飯。

비빔밥 주세요.

ㄆㄧ.ㄅㄧㅁ.ㄅㄚㅂ.ㄘㄨ.ㄙㄝ.ㄧㄡ↘

收尾音7

Friday

ㅇ

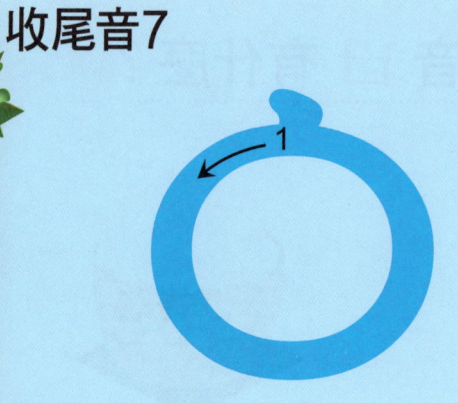

發音

發音重點
用鼻音，嘴巴不能閉起來，
像加英文「～ng」的發音。

寫寫看！

採用「아」這個「結構1」單詞來寫寫看這個「收尾音」！

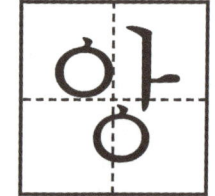

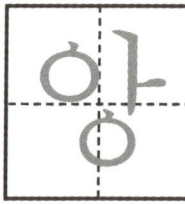

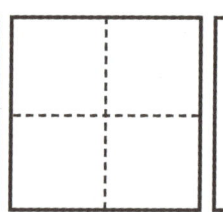

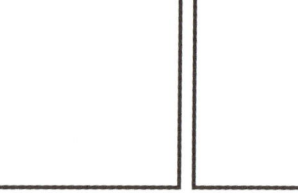

| 앙 | 앙 | | | |

小小叮嚀！

- 「結構1」裡的「ㅇ」不發音，但當收尾音可有自己的特色喔！
- 唸國語「央」時，鼻音會變重，好像加英文「～ng」發音的感覺，很接近收尾音「ㅇ」的發音方式。「央」的發音用韓文寫的話，就是「앙(一ㄚ。=一ㄤ)」。

收尾音 ㅇ 有什麼？

◆ 방
（ㄆㄚㅇ＝ㄆㅊ）
房間

◆ 형
（ㄏㄧㄛㅇ＝ㄏㄧㄛㄥ）
男生叫的「哥哥」

◆ 화장실
（ㄏㄨㄚ．ㄗㄚㅇ＝ㄗㅊ．ㄒㄧㄹ）
洗手間

◆ 공항
（ㄎㄡㅇ＝ㄎㄨㄥ．ㄏㄚㅇ＝ㄏㅊ）
機場

說說看！

[화]
파이팅!
ㄏㄨㄚ．ㄧ．ㄊㄧㄥ．

加油！（Fighting!）

日常生活中常用的「外來語（외래어 ㄨㄝ˙ㄌㄝ˙ㄛ）」

請大家跟著MP3唸唸看！

① 아파트
ㄚ˙ㄆㄚ˙ㄊ
住宅大樓
（apartment）

② 파티
ㄆㄚ˙ㄊㄧ
派對
（party）

③ 커피숍
ㄎㄛ˙ㄆㄧ˙ㄕㄡㄅ
咖啡廳
（coffee + shop）

④ 메뉴
ㄇㄝ˙ㄋㄧㄨ
菜單
（menu）

⑤ 치즈
ㄑㄧ˙ㄗ
起司
（cheese）

⑥ 샐러드
ㄙㄝㄌ˙ㄌㄛ˙ㄉ
沙拉
（salad）

⑦ 노트북
ㄋㄡ˙ㄊ˙ㄅㄨㄍ
筆電
（notebook）

⑧ 핸드폰
ㄏㄝㄣ˙ㄉ˙ㄆㄡㄣ
手機
（hand + phone）

⑨ 이어폰
ㄧ˙ㄛ˙ㄆㄡㄣ
耳機
（earphone）

⑩ 에어컨
ㄝ˙ㄛ˙ㄎㄣ
冷氣
（air conditioner）

⑪ 리모컨
ㄌㄧ˙ㄇㄡ˙ㄎㄣ
遙控器
（remote control）

⑫ 엘리베이터
ㄝㄌ˙ㄌㄧ˙ㄅㄝ˙ㄧ˙ㄊㄛ
電梯
（elevator）

13 팬
ㄆㄝㄴ
粉絲
（fan）

14 콘서트
ㄎㄡㄴ.ㄙㄛ.ㄊ
演唱會
（concert）

15 아이돌 그룹
ㄚ.ㄧ.ㄉㄡㄹ.ㄎ.ㄌㄨㅂ
偶像團體
（idol group）

16 앨범
ㄝㄹ.ㄅㄛㅁ
專輯
（album）

17 굿즈
ㄎㄨㄷ.ㄗ
周邊商品
（goods）

18 스케줄
ㄙ.ㄎㄝ.ㄗㄨㄹ
行程
（schedule）

19 마트
ㄇㄚ.ㄊ
超市
（mart）

20 쇼핑
ㄕㄡ.ㄆㄥ
購物，逛街
（shopping）

21 립스틱
ㄌㄧㅂ.ㄙ.ㄊㄧㄍ
口紅
（lipstick）

22 샴푸
ㄕㄚㅁ.ㄆㄨ
洗髮精
（shampoo）

23 아르바이트
ㄚ.ㄌ.ㄅㄚ.ㄧ.ㄊ
打工
（arbeit ← 德文）

24 인스타그램 = 인스타
ㄧㄣ.ㄙ.ㄊㄚ.ㄍ.ㄌㄝㅁ
Instagram（=IG）

「韓國料理（한국 요리 ㄏㄢ · ㄍㄨㄍ · ㄧㄡ · ㄌㄧ）」名稱

請大家跟著MP3唸唸看！

삼계탕
ㄙㄚㅁ · ㄍㅔ · ㄊㅤ
人參雞湯

돌솥비빔밥
ㄊㄡㄹ · ㄙㄡㄷ · ㄆㄧ · ㄅㄧㅁ · ㄅㄚㅂ
石鍋拌飯

갈비
ㄎㄚㄹ · ㄅㄧ
碳烤烤肉（排骨）
（包生菜吃的）

불고기
ㄆㄨㄌ · ㄎㄡ · ㄍㄧ
銅盤烤肉

[뽀끼]
떡볶이
ㄉㄛㄍ · ㄅㄡ · ㄍㄧ
辣炒年糕

김밥
ㄎㄧㅁ · ㄅㄚㅂ
韓式壽司

144　大家的韓國語

닭갈비 ㄊㄚㄍ.ㄍㄚㄌ.ㄅㄧ 辣炒雞排	삼겹살 ㄙㄚㅁ.ㄍㄧㄛㅂ.ㄙㄚㄌ 五花肉燒烤	해물파전 ㄏㄝ.ㄇㄨㄌ.ㄆㄚ.ㄗㄣ 海鮮煎餅
냉면 ㄋㄝㆁ.ㄇㄧㄛㄣ 涼麵	김치찌개 ㄎㄧㅁ.ㄑㄧ.ㄗㄧ.ㄍㄝ 韓國泡菜鍋（＝辛奇鍋）	순두부찌개 ㄙㄨㄣ.ㄊㄨ.ㄅㄨ.ㄗㄧ.ㄍㄝ 豆腐海鮮鍋

本課重點

發音重點整理

代表音	發音重點
ㄱ	急促短音,嘴巴不能閉起來,用喉嚨的力量把聲音發出。
	屬於它的收尾音:ㄱ ㅋ ㄲ ㄳ ㄺ
ㄴ	唸完字之後,舌頭還要留在上排牙齒的後面,輕輕地發聲。
	屬於它的收尾音:ㄴ ㄵ ㄶ
ㄷ	唸完字之後,舌頭還要留在上排牙齒的後面,用力地發聲。
	屬於它的收尾音:ㄷ ㅅ ㅈ ㅊ ㅌ ㅎ ㅆ
ㄹ	像英文的 L 音一樣,要將舌頭翹起來。
	屬於它的收尾音:ㄹ ㄼ ㄳ ㄾ ㅀ
ㅁ	將嘴巴輕輕地閉起來。
	屬於它的收尾音:ㅁ ㄻ
ㅂ	將嘴巴用力地閉起來。
	屬於它的收尾音:ㅂ ㅍ ㅄ ㄿ
ㅇ	用鼻音,嘴巴不能閉起來,像加英文「~ng」的發音。
	屬於它的收尾音:ㅇ

發音練習－跟著MP3唸唸看。

① 악 억 옥 욱 윽 익

② 안 언 온 운 은 인

③ 앋 얻 옫 욷 읃 읻

④ 알 얼 올 울 을 일

⑤ 암 엄 옴 움 음 임

⑥ 압 업 옵 웁 읍 입

⑦ 앙 엉 옹 웅 응 잉

⑧ 악 안 앋 알 암 압 앙

⑨ 낙 난 낟 날 남 납 낭

⑩ 막 만 맏 말 맘 맙 망

自我練習

1 聽力練習1－在聽到的單詞旁邊打勾。

（1） ☐ 밥　　☐ 밤　　☐ 박
（2） ☐ 옥　　☐ 옷　　☐ 옵
（3） ☐ 공함　☐ 공한　☐ 공항

2 聽力練習2－填填看；請從下列的字中找出正確的填入空格。

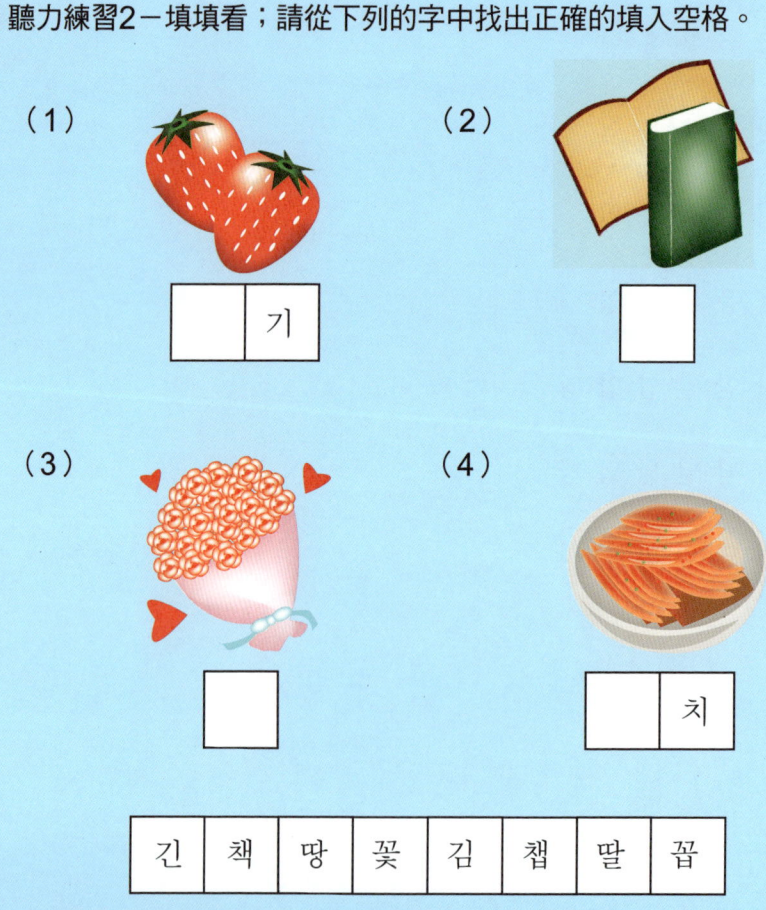

（1） ☐ 기

（2） ☐

（3） ☐

（4） ☐ 치

| 긴 | 책 | 땅 | 꽃 | 김 | 챕 | 딸 | 꼽 |

3 單詞練習－請連連看。

한국　●　　　　　　　●

컴퓨터　●　　　　　　●

인삼　●　　　　　　　●

엄마　●　　　　　　　●

친구　●　　　　　　　●

젓가락　●　　　　　　●

대만　●　　　　　　　●

화장실　●　　　　　　●

靛色
남색
(ㄋㄢˊ.ㄙㄜˋ)

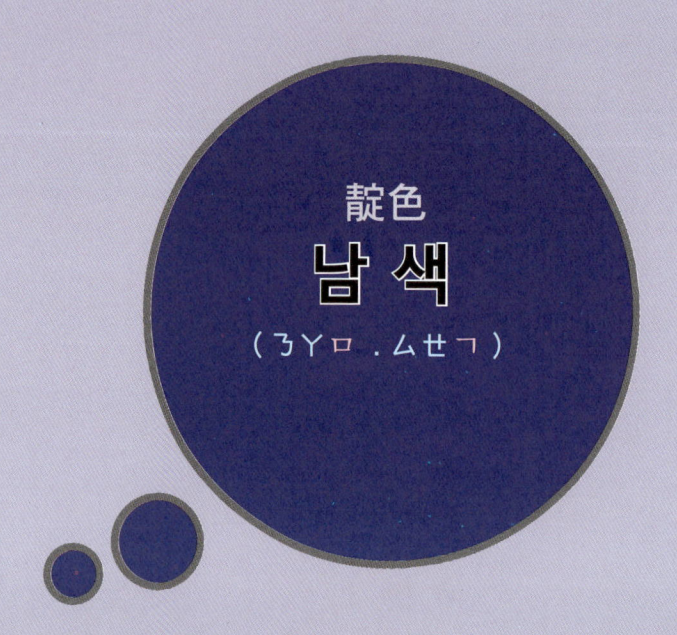

星期六

토요일
（ㄊㄡ．ㄧㄡ．ㄧㄦ）

發音規則

目標：學好5個「發音規則」！加油！

★ 連音　　　　★ 硬音化
★ 子音同化　　★「ㅎ」之發音
★ 口蓋音化

★ 同音異意詞
★ 相似的發音、不同的意思

學習要點

聽學生說，他們剛開始學韓文時，最開心的事情就是聽懂韓劇裡的一些對白。例如，女主角叫她妹妹去買牛奶時，聽到學過的韓文單詞牛奶「우유（ㄨ．ㄧㄨ）」就很高興。當男主角對女主角說「사랑해요（ㄙㄚ．ㄌㄤ．ㄏㄝ．ㄧㄡˇ）」時，比起聽到中文配音「我愛你」更是感動好幾倍。不過，也有些學生挫折地說，聽得懂的大多都是簡單的單詞，不是完整的句子。明明是學過的單詞和句型，光看韓文都看得懂，但光用聽的就是聽不懂。為何會這樣呢？這是因為有些單詞在句子裡，受到前後單詞音的影響，改變原來的發音，也就是我們今天要學「發音規則」的理由。

本單元，我們要學韓語的五個發音規則，這是初學者必須知道的規則。注意！這些只是發音上的變化，並不會改變寫法。而且，這些發音規則不可能讀過一次就全部記住，建議先以「認識韓語發音規則有哪些」的輕鬆心情讀一遍，等有空或碰到類似發音變化時，再翻開本單元來仔細研讀。

也許有些讀者會被這些發音規則嚇到，覺得韓語很難學而想放棄。如果你也遇到這種情況，那就直接跳到下一個單元，先學習生活會話也可以。所謂的「發音規則」，是為了能說出更正確的韓語而出現的，不過就算不知道這些規則，還是可以跟韓國人溝通。我記得自己剛開始學中文時，常常把「你好」唸成兩個完整的三聲，但大家還是聽得懂。只是當我知道兩個三聲在一起時，第一個三聲要唸成二聲，開始唸得出正確發音時，大家都誇我的中文進步了。一樣的道理，當你學會這些韓語發音規則時，不只可以像韓國人一樣講出很漂亮的韓語，聽力也會跟著進步。

最後，這些發音規則不用強迫自己百分之百都要遵守。

例如，「我是臺灣人」這句話，有沒有照發音規則，發出來的音會有點不同。

【例】저는 대만 사람이에요. 我是臺灣人。
                    [라미]

① 按照「連音」發音規則唸：
（ㄘㄛ.ㄋㄣ.ㄊㅔ.ㄇㄢ.ㄙㄚ.ㄌㄚ.ㄇㄧ.ㅔ.ㄧㄡˇ）

② 不按照發音規則唸：
（ㄘㄛ.ㄋㄣ.ㄊㅔ.ㄇㄢ.ㄙㄚ.ㄌㄚㅁ.ㄧ.ㅔ.ㄧㄡˇ）

上述兩種唸法的差異，主要在於講話時的速度。大多數的發音規則，其實是為了讓口語表達更流暢自然。因此，韓國人在日常對話中，通常會依照這些發音規則來說話。不過，對於剛開始學韓語的外國朋友來說，如果用緩慢且生硬的方式，硬要完全依照發音規則來唸，有時反而會讓人聽起來不太自然，甚至會讓韓國人聽不懂。因此，建議大家可以先把韓語的40音練熟，等熟練到一定程度之後，再來挑戰各種發音規則會比較理想喔！

※本書中，紅色[ ]裡的韓語標音是按照韓語發音規則，實際上要唸出來的音。

發音規則1

連音（연음）

（1）當任何收尾音後方出現子音「ㅇ」時，會將其收尾音移過去唸。

【例】정말이에요?　是真的嗎？
　　　　[마리]

　　　（ㄘㄛㄥ．ㄇㄚ．ㄌㄧ．ㄝ．ㄧㄡˊ）

（2）如果是二個不同子音組成的收尾音，第一個音要留著，只要將第二個音移過去唸就好。

【例】따라 읽으세요.　請跟著唸。
　　　　　　[일그]

　　　（ㄉㄚ．ㄉㄚ．ㄧㄹ．ㄍ．ㄙㄝ．ㄧㄡˋ）

※例外：請參考167頁、170頁

連音有什麼？

[모 교]
◆ 목요일
（ㄇㄡ．ㄍ一ㄡ．一ㄹ）
星期四

[으 막]
◆ 음악
（ㄜ．ㄇㄚㄱ）
音樂

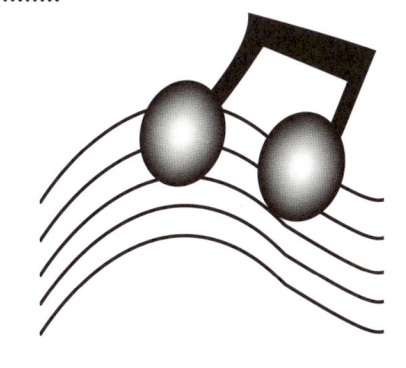

[하 궈]
◆ 학원
（ㄏㄚ．ㄍㄨㄣ）
補習班

[펴 니]
◆ 편의점
（ㄆ一ㄛ．ㄋ一．ㅈㄛㅁ）
便利商店

說說看！

[시 퍼]
보고 싶어요. 好想你喔。
ㄆㄛ．ㄍㄡ．ㄒ一．ㄆㄛ．一ㄡ↘

發音練習

[마시써]
맛있어요.　好吃。
(ㄇㄚ.ㄒㄧ.ㄙㄜ.ㄧㄡˋ)

[머시써]
멋있어요.　很帥。
(ㄇㄛ.ㄒㄧ.ㄙㄜ.ㄧㄡˋ)

[이써]
재미있어요.　有趣、好看、好玩。
(ㄘㄝ.ㄇㄧ.ㄧ.ㄙㄜ.ㄧㄡˋ)

[미리]
비밀이에요.　是祕密。
(ㄆㄧ.ㄇㄧ.ㄌㄧ.ㄝ.ㄧㄡˋ)

[안즈]
앉으세요.　請坐。
（ㄢ.ㅈ.ㅅㄝ.ㅡㄡˋ）

[르미]
이름이 뭐예요?　你叫什麼名字？
（ㅡ.ㄌ.ㄇㅡ.ㄇㄨㄛ.ㅡㄝ.ㅡㄡˊ）

[지거비]
직업이 뭐예요?　你的職業是什麼？
（ㄐㅡ.ㄍㄛ.ㄅㅡ.ㄇㄨㄛ.ㅡㄝ.ㅡㄡˊ）

[구게]　　　　[시퍼]
한국에 여행가고 싶어요.　我想去韓國旅行。
（ㄏㄢ.ㄍㄨ.ㄍㄝ.ㅡㄛ.ㄏㄝㅇ.ㄎㄚ.ㄍㄡ.ㄒㅡ.ㄆㄛ.ㅡㄡˋ）

發音規則2

硬音化 （경음화）

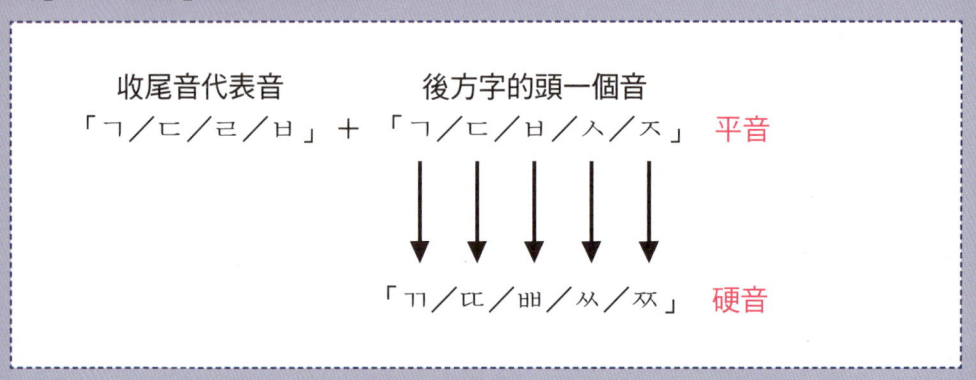

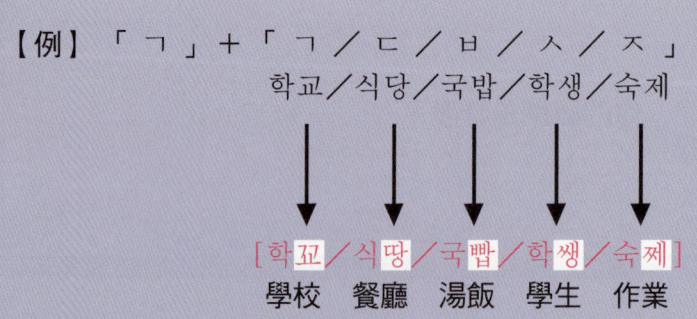

收尾音代表音「ㄱ／ㄷ／ㄹ／ㅂ」後方出現子音「ㄱ／ㄷ／ㅂ／ㅅ／ㅈ」時，原本是「平音」的後方字的頭一個音會發成「硬音」。（關於「平音」、「硬音」請參考72頁）

收尾音代表音　　　後方字的頭一個音
「ㄱ／ㄷ／ㄹ／ㅂ」＋「ㄱ／ㄷ／ㅂ／ㅅ／ㅈ」　平音

↓↓↓↓↓

「ㄲ／ㄸ／ㅃ／ㅆ／ㅉ」　硬音

【例】「ㄱ」＋「ㄱ／ㄷ／ㅂ／ㅅ／ㅈ」
　　　학교／식당／국밥／학생／숙제

↓↓↓↓↓

[학꾜／식땅／국빱／학쌩／숙쩨]
　學校　餐廳　湯飯　學生　作業

硬音化有什麼？

- **잡지** [찌]
  (ㄐㄚㅂ.ㅉㅣ)
  雜誌

- **맥주** [쭈]
  (ㄇㄝㄱ.ㅉㅜ)
  啤酒

- **엽서** [써]
  (ㄧㄛㅂ.ㅆㄛ)
  明信片

- **목걸이** [꺼리]
  (ㄇㄨㄱ.ㄲㄛ.ㄌㅣ)
  項鍊

說說看！

건배! 乾杯！
ㄎㄛㄣ.ㄅㄝ

發音練習

[학쌩]
저는 학생이에요.　我是學生。
(ㄘㄛ˙.ㄋㄣ˙.ㄏㄚㄎ.ㄙㄝㆁ.ㄧ˙.ㄝ˙.ㄧㄡˇ)

[숙쩨][이써]
오늘 숙제 있어요.　今天有作業。
(ㄡ˙.ㄋㄡˉ.ㄙㄨㄎ.ㄗㄝ.ㄧ˙.ㄙㄛ.ㄧㄡˇ)

[으마글] [듣꼬] [이써]
무슨 음악을 듣고 있어요?　你正在聽什麼音樂？
(ㄇㄨ˙.ㄙㄣ˙.ㄛ˙.ㄇㄚ˙.ㄍㄡ.ㄊㄜ.ㄍㄡ˙.ㄧ˙.ㄙㄛ.ㄧㄡˊ)

[식땅]　　[녀글] [머거써]
어제 한국 식당에서 저녁을 먹었어요.　我昨天在韓國餐廳吃了晚餐。
(ㄛ˙.ㄗㄝ.ㄏㄢ˙.ㄍㄨㄎ.ㄒㄧㄎ.ㄉㄤ.ㄝ.ㄙㄛ.ㄘㄛ˙.ㄋㄧㄛ˙.ㄍㄡ.ㄇㄜ.ㄍㄛ.ㄙㄛ.ㄧㄡˇ)

[식싸]　　[셔써]
식사하셨어요?　吃過了沒？
(ㄒㄧㄱ.ㄙㄚ.ㄏㄚ.ㄕㄛ.ㄙㄛ.ㄧㄡ↗)

　　　　[면 씨]
지금 몇 시예요?　現在幾點？
(ㄑㄧ.ㄍㅁ.ㄇㄧㄛㄷ.ㄙㄧ.ㄧㅔ.ㄧㄡ↗)

　　　　[면 싸리]
몇 살이에요?　你幾歲？
(ㄇㄧㄛㄷ.ㄙㄚ.ㄌㄧ.ㄝ.ㄧㄡ↗)

　　[아프]　　　　[탁뜨]
앞으로 잘 부탁드려요.　以後請多多指教。
(ㄚ.ㄆㄡ.ㄌㄡ.ㄔㄚㄹ.ㄆㄨ.ㄊㄚㄱ.ㄉ.ㄌㄧㄛ.ㄧㄡ↘)

發音規則3

子音同化（자음동화）

（1）當「ㄴ」這個音在「ㄹ」前面或後面時，都要發成「ㄹ」。

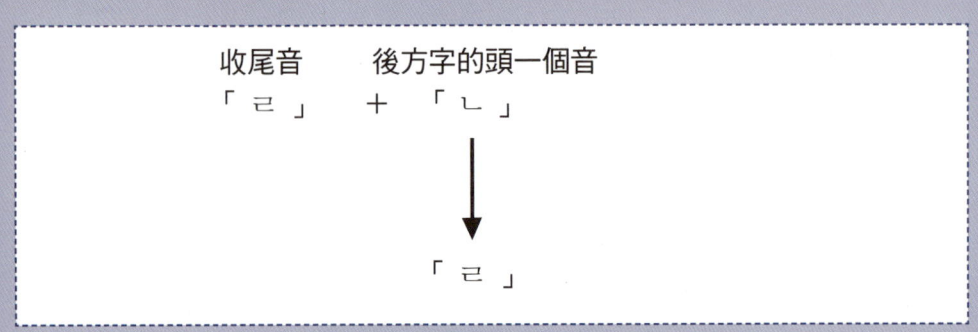

```
收尾音      後方字的頭一個音
「ㄹ」  ＋  「ㄴ」
              ↓
            「ㄹ」
```

【例】설날 → [설랄]：春節

```
收尾音      後方字的頭一個音
「ㄴ」  ＋  「ㄹ」
    ↓
「ㄹ」
```

【例】연락　→　[열락]　　：聯絡
　　　한라산　→　[할라산]　：（濟州島的）漢拏山

（2）收尾音代表音「ㄱ／ㄷ／ㅂ」後方出現子音「ㄴ／ㅁ」時，各收尾音本身的發音會變成「ㅇ／ㄴ／ㅁ」。

```
         收尾音代表音       後方字的頭一個音
        「ㄱ／ㄷ／ㅂ」 + 「ㄴ／ㅁ」
             ↓   ↓   ↓
        「ㅇ／ㄴ／ㅁ」
```

【例】작년   → [장년]   ：去年
　　 박물관   → [방물관]   ：博物館
　　 감사합니다 → [감사함니다] ：謝謝

說說看！

건강하세요. 祝你健康。

ㄎㄛㄥ.ㄍㄤ.ㄏㄚ.ㄙㄝ.ㄧㄡ↘

發音練習

※ 韓語中，講正式的說法，通常會帶來「～ㅂ니다.」或「～ㅂ니까?」樣子的句型。這時候就要按照「子音同化－（2）」唸成「～ㅁ니다.」或「～ㅁ니까?」。

[함]
사랑합니다.　我愛你。
（ㄙㄚ.ㄌㄤ.ㄏㄚㅁ.ㄋㄧ.ㄉㄚˋ）

[함]
죄송합니다.　對不起。
（ㄘㄨㄝ.ㄙㄨㄥ.ㄏㄚㅁ.ㄋㄧ.ㄉㄚˋ）

[화녕함]
환영합니다.　歡迎。
（ㄏㄨㄚ.ㄋㄧㄥ.ㄏㄚㅁ.ㄋㄧ.ㄉㄚˋ）

[멷 뿌니심]
몇 분이십니까? 幾位？（進餐廳服務生會問的一句）
（ㄇㄧㄛㄷ.ㄅㄨ.ㄋㄧ.ㄒㄧㅁ.ㄋㄧ.ㄍㄚˊ）

[임]
두 명입니다. 兩位。（上一句的回答；關於數字 → 請參考196頁）
（ㄊㄨ.ㄇㄧㄛㅇ.ㄧㅁ.ㄋㄧ.ㄉㄚˋ）

[껟씀]
처음 뵙겠습니다. 初次見面。
（ㄘㄛ.ㄘㄩㅁ.ㄅㄨㅔㅂ.ㄍㄝㄷ.ㄙㅁ.ㄋㄧ.ㄉㄚˋ）

[하밈]
제 명함입니다. 這是我的名片。
（ㄘㄝ.ㄇㄧㄛㅇ.ㄏㄚ.ㄇㄧㅁ.ㄋㄧ.ㄉㄚˋ）

發音規則4

「ㅎ」之發音 (ㅎ발음)

（1）收尾音代表音「ㄱ／ㄷ／ㅂ」以及收尾音「ㅈ」後方出現子音「ㅎ」時，收尾音跟「ㅎ」會合起來，最後「ㅎ」會變成各收尾音的激音「ㅋ／ㅌ／ㅍ／ㅊ」。（關於「激音」請參考72頁）

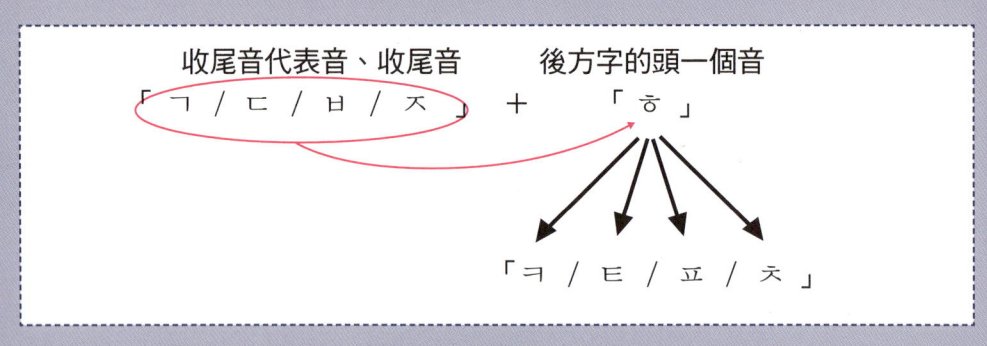

```
        收尾音代表音、收尾音      後方字的頭一個音
         「ㄱ／ㄷ／ㅂ／ㅈ」  +      「ㅎ」
                                    ↓↓↓↓
                                「ㅋ／ㅌ／ㅍ／ㅊ」
```

【例】　약혼　→　[야콘]　：訂婚
　　　　백화점　→　[배콰점]　：百貨公司
　　　　깨끗해요　→　[깨끄태요]　：乾淨
　　　　입학　→　[이팍]　：入學

（2）當收尾音「ㅎ」後方出現子音「ㅇ」時，「ㅎ」會消失、變成不發音。

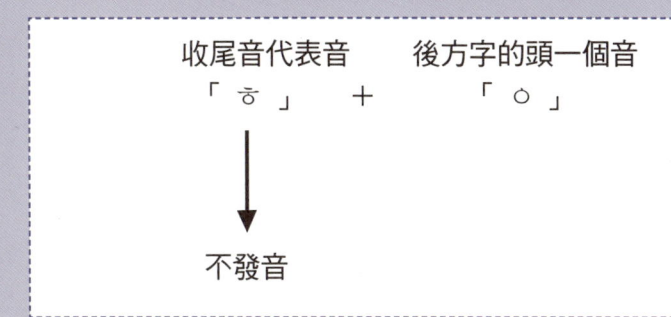

收尾音代表音　　後方字的頭一個音
　「ㅎ」　＋　　　「ㅇ」
　　↓
　不發音

【例】좋아요. → [조아요]：好啊！（有人提出意見時可用這句回答）
　　　싫어요. → [시러요]：不要。（想拒絕別人或不想做某件事時可說）

說說看！
[보　카]
행복하세요. 祝你幸福。
ㄏㄝㅇ．ㄅㅗ．ㄎㅏ．ㄙㄝ．ㅡㅇㅜ

發音練習

[추카]
생일 축하해요.　生日快樂！
（ㄙㄝㅇ．一ㄹ．ㄘㄨ．ㄎㄚ．ㄏㄝ．一ㄡˋ）

[떠캐]
어떡해！　怎麼辦！
（ㄛ．ㄉㄛ．ㄎㄝ・）

[떠케]
동대문 시장에 어떻게 가요?　怎麼去東大門市場？
（ㄊㄨㄥ．ㄉㄝ．ㄇㄨㄣ．ㄒ一．ㄗㄤ．ㄝ．ㄛ．ㄉㄛ．ㄎㄝ．ㄎㄚ．一ㄡˊ）

[떠케]
핸드폰 번호가 어떻게 되세요?　請問你的手機號碼幾號？
（ㄏㄝㄣ．ㄉ．ㄆㄡㄣ．ㄆㄣ．ㄏㄡ．ㄍㄚ．ㄛ．ㄉㄛ．ㄎㄝ．ㄊㄨㄝ．ㄙㄝ．一ㄡˊ）

[부니] [조아]
기분이 좋아요.　心情很好。
(ㄎㄧ.ㄅㄨ.ㄋㄧ.ㄎㄡ.ㄚ.ㄧㄡˋ)

[차나]
괜찮아요.　沒關係。
(ㄎㄨㄝㄴ.ㄎㄚ.ㄋㄚ.ㄧㄡˋ)

[마니]
많이 드세요.　請多吃一點。
(ㄇㄚ.ㄋㄧ.ㄊ.ㄙㄝ.ㄧㄡˋ)

[마니] [바드]
새해 복 많이 받으세요.　新年快樂！
(ㄙㄝ.ㄏㄝ.ㄆㄡㄍ.ㄇㄚ.ㄋㄧ.ㄆㄚ.ㄉ.ㄙㄝ.ㄧㄡˋ)

發音規則5

口蓋音化（구개음화）

收尾音「ㄷ／ㅌ」後方接下來的字是「이」時，收尾音會影響到後方字的音，「이」會發成「지／치」。

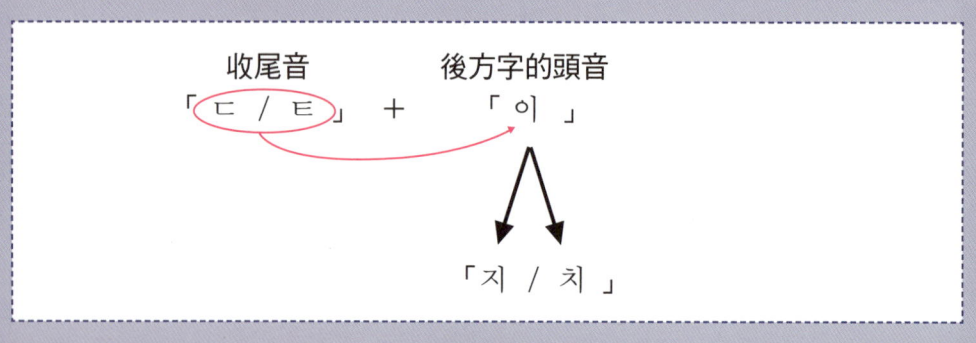

```
          收尾音        後方字的頭音
         「ㄷ / ㅌ」  +    「이」
                          ↓  ↓
                       「지 / 치」
```

【例】　해돋이 → [해도지]　：日出
　　　　같이 → [가치]　：一起

發音練習

[도지]
해돋이를 보고 싶어요.　　我想看日出。
(ㄏㄝ.ㄉㄡ.ㄐㄧ.ㄌㄹ.ㄆㄡ.ㄍㄡ.ㄒㄧ.ㄆㄛ.ㄧㄡˋ)

[가치]
같이 갈래요?　　要不要一起去？
(ㄎㄚ.ㄑㄧ.ㄎㄚㄹ.ㄌㄝ.ㄧㄡˊ)

說說看！

一定要來臺灣玩喔。

[마 네]
대만에 꼭 놀러 오세요.
(ㄊㄝ.ㄇㄚ.ㄋㄝ.ㄍㄡㄍ.ㄋㄡㄹ.ㄌㄛ.ㄨ.ㄙㄝ.ㄧㄡ)

同音異意詞（同一個字、不同的意思）

| 차
（ㄘㄚ） | 汽車 | 茶 |

| 눈
（ㄋㄨㄴ） | 眼睛 | 雪 |

| 다리
（ㄊㄚ.ㄌㄧ） | 腿 | 橋 |

밤
(ㄆㄚㅁ)　　　夜　　　栗子

말
(ㄇㄚㄹ)　　　馬　　　話

배
(ㄆㅐ)　　　船　　　肚子　　　梨子

相似的發音、不同的意思

오이
（ㄡ．ㄧ）
小黃瓜

오리
（ㄡ．ㄌㄧ）
鴨

약
（ㄧㄚㄱ）
藥

역
（ㄧㄛㄱ）
車站

공
（ㄎㄨㄥ）
球
唸輕一點、像是「恐」

콩
（ㄎㄨㄥ）
豆

굴
(ㄎㄨㄹ)
蚵仔

귤
(ㄎㄧㄨㄹ)
橘子

커피
(ㄎㄛ.ㄆㄧ)
咖啡

코피
(ㄎㄡ.ㄆㄧ)
鼻血

방
(ㄆㄚ○=ㄆㄤ)
房間

밤
(ㄆㄚㅁ)
夜

밥
(ㄆㄚㅂ)
飯

紫色
보라색
(ㄆㄡ.ㄌㄚ.ㄙㄟㄱ)

星期日

[이] [묘]
일요일
(一 . ㄉ一ㄡ . 一ㄹ)

實用會話

熟練七大生活會話，大家都敢開口說韓語！

- ★ 打招呼
- ★ 自我介紹
- ★ 形容情況
- ★ 興趣
- ★ 點菜
- ★ 購物
- ★ 約人（時間、地點、提出意見）

學習要點

我們只花六天的時間,就把講韓語必備的所有內容(韓語四十音、收尾音、發音規則)都學完了。現在我們的韓語發音,可是比誰都還要標準、漂亮喔!

今天的課程,則是要拿出基本功,挑戰立刻可以派上用場的實用會話。在進入課程之前,讓我們先了解韓語文法的特色,再練習金老師為大家精心挑選的九個場合必用的基本句型。相信從今天起,大家都敢開口說韓語了!^^

敬語 v.s. 半語

韓國人非常重視禮節與輩分,因此和人講話時,說法也要隨著對方的年紀與地位而不同。說話的對象或是提及的人若是長輩,或是地位比自己高、或是客戶,都要用「敬語」。若是很熟的平輩、晚輩,或是關係很親密的人,才可以講「半語」。例如,韓語的「你好!」有兩個說法:
(1)當你要和隔壁的叔叔、老師、上司等長輩打招呼時,就要說「敬語」:
　　안녕하세요?(ㄋ.ㄋㄧㄛ○.ㄏㄚ.ㄙㄝ.ㄧㄡˊ)
(2)和朋友打招呼時,則會說「半語」:
　　안녕?(ㄋ.ㄋㄧㄛ○ˊ)
　　本書裡介紹的韓文,都是取「敬語」(臺灣人到韓國,和誰講話都不會失禮)中,發音較簡單的語詞為主。

韓文的語序:把動詞放在句子的最後

中文說:「我吃飯」,照韓文的語序就變成「我飯吃」,要先講主詞與受詞後,最後才加動詞或形容詞上去。
【例】
　　中文說:「我看電視」→ 韓文是「我電視看」
　　中文說:「我學韓文」→ 韓文則是「我韓文學」

中文要說「我愛你」，韓文只說「愛」就行

　　韓文中的「我」和「你」常常被省略，例如，要講「我愛你」，反正是對著對方說「我愛你」，何必再講「我」和「你」這兩個字，因此很多臺灣朋友也會講的韓文的我愛你「莎朗嘿呦」，其實只有「愛」這個字的意思而已。

【例】
　　中文說：「我愛你」→ 依韓文語序是「我你愛」
　　　　　　　　　　　→ 省略後變成「愛」；사랑해요
　　　　　　　　　　　　　　　　　　　　（ㄙㄚ.ㄌㄤ.ㄏㄝ.一ㄡˋ）

助詞：在每一個名詞後方要加一個專屬的助詞

　　這是韓語與中文特別不同的文法之一，韓語基本上在每一個名詞後方要加一個專屬的「助詞」，用來說明前面那個名詞在句子裡的角色。

【例】
　　朋友早上在學校操場吃了麵包。

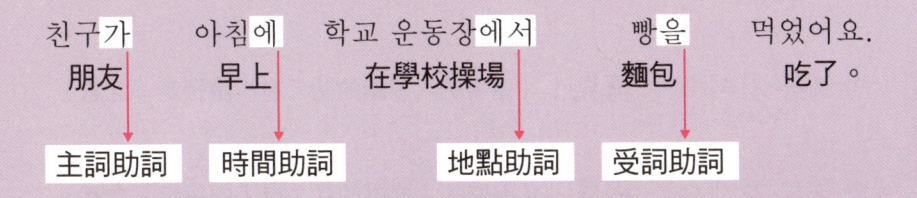

친구<u>가</u>	아침<u>에</u>	학교 운동장<u>에서</u>	빵<u>을</u>	먹었어요.
朋友	早上	在學校操場	麵包	吃了。
主詞助詞	時間助詞	地點助詞	受詞助詞	

　　韓語裡有好幾個不同種類的助詞。要加某些助詞時，還要看前面名詞最後一個字是否有收尾音，才能決定要接哪種助詞。也有些助詞，在口語時常省略掉。

打招呼

練習一下

안녕하세요? 你好!
(ㄋ.ㄋ一ㄛ°.ㄏㄚ.ㄙㄝ.ㄧㄡ↗)

만나서 반가워요. 很高興認識你。
(ㄇㄋ.ㄋㄚ.ㄙㄛ.ㄆㄢ.ㄍㄚ.ㄨㄛ.ㄧㄡ↘)

[마니]
오랜만이에요. 好久不見!
(ㄡ.ㄌㄝㄴ.ㄇㄚ.ㄋ一.ㄝ.ㄧㄡ↘)

[내써]
잘 지냈어요? 你過得好嗎?
(ㄘㄚㄹ.ㄑ一.ㄋㄝ.ㄙㄛ.ㄧㄡ↗)

안녕히 가세요. 再見!(留著的人要講的話,有「請慢走」之意)
(ㄋ.ㄋ一ㄛ°.ㄏ一.ㄎㄚ.ㄙㄝ.ㄧㄡ↘)

안녕히 계세요. 再見!(離開的人要講的話,有「請留步」之意)
(ㄋ.ㄋ一ㄛ°.ㄏ一.ㄎㄝ.ㄙㄝ.ㄧㄡ↘)

　　　　[함]
감사합니다.　**謝謝**。（正式說法）
（ㄎㄚㄇ．ㄙㄚ．ㄏㄚㄇ．ㄋㄧ．ㄉㄚˋ）

고마워요.　**謝謝**。（口語說法）
（ㄎㄡ．ㄇㄚ．ㄨㄛ．ㄧㄡˋ）

아니에요.　**不客氣**。
（ㄚ．ㄋㄧ．ㄝ．ㄧㄡˋ）

　　　　[함]
죄송합니다.　**對不起**。（正式說法）
（ㄘㄨㄝ．ㄙㄨㄥ．ㄏㄚㄇ．ㄋㄧ．ㄉㄚˋ）

　　　[아내]
미안해요.　**對不起**。（口語說法）
（ㄇㄧ．ㄚ．ㄋㄝ．ㄧㄡˋ）

　　　[차나]
괜찮아요.　**沒關係**。
（ㄎㄨㄝㄣ．ㄘㄚ．ㄋㄚ．ㄧㄡˋ）

自我介紹

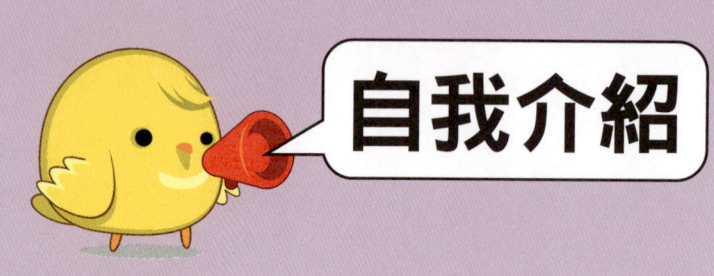

句型：A 是 B。

A 는 (ㄋㄣ)　B 예요 (ㄧㄝ.ㄧㄡˋ).
은 (ㄣ)　　　이에요 (ㄧ.ㄝ.ㄧㄡˋ).

※ A或B最後一個字沒有收尾音時接「는」、「예요」，有收尾音時接「은」、「이에요」。

把以下片語套進句型，開口說說看！

A可套入　　　　　B可套入

저 ㄘㄛ 我	회사원 ㄏㄨㄝ.ㄙㄚ.ㄨㄣ 上班族	학생 ㄏㄚㄍ.ㄙㄝ。 學生
제 남자 친구 ㄘㄝ.ㄋㄚㄇ.ㄗㄚ. ㄑㄧㄣ.ㄍㄨ 我的男朋友	공무원 ㄎㄨㄥ.ㄇㄨ.ㄨㄣ 公務員	선생님 ㄙㄣ.ㄙㄝ。ㄋㄧㅁ 老師
제 아버지 ㄘㄝ.ㄚ.ㄅㄛ.ㄐㄧ 我的父親	가정주부 ㄎㄚ.ㄗㄥ.ㄘㄨ.ㄅㄨ 家庭主婦	대만 사람 ㄊㄝ.ㄇㄢ.ㄙㄚ.ㄌㄚㅁ 臺灣人

練習一下

[르미]
이름이 뭐예요?　你叫什麼名字？（韓文說法：你名字是什麼？）
（ㄧ.ㄌ.ㅁㄧ.ㄇㄨㄛ.ㄧㄝ.ㄧㄡˊ）

저는 진가영이에요.　我是陳佳英。
（ㄘㄛ.ㄋㄣ.ㄑㄧㄣ.ㄎㄚ.ㄧㄛㄥ.ㄧ.ㄝ.ㄧㄡˋ）

[지거비]
직업이 뭐예요?　你的職業是什麼？
（ㄑㄧ.ㄍㄛ.ㄅㄧ.ㄇㄨㄛ.ㄧㄝ.ㄧㄡˊ）

저는 대학생이에요.　我是大學生。
（ㄘㄛ.ㄋㄣ.ㄊㄝ.ㄏㄚㄍ.ㄙㄝㅇ.ㄧ.ㄝ.ㄧㄡˋ）

어느 나라 사람이에요?　你是哪國人？
（ㄛ.ㄋ.ㄋㄚ.ㄌㄚ.ㄙㄚ.ㄌㄚㅁ.ㄧ.ㄝ.ㄧㄡˊ）

저는 대만 사람이에요.　我是臺灣人。
（ㄘㄛ.ㄋㄣ.ㄊㄝ.ㄇㄢ.ㄙㄚ.ㄌㄚㅁ.ㄧ.ㄝ.ㄧㄡˋ）

제 어머니는 가정주부예요.　我的母親是家庭主婦。
（ㄘㄝ.ㄛ.ㄇㄛ.ㄋㄧ.ㄋㄣ.ㄎㄚ.ㄗㄛㄥ.ㄘㄨ.ㄅㄨ.ㄧㄝ.ㄧㄡˋ）

제 여자 친구는 한국 사람이에요.　我的女朋友是韓國人。
（ㄘㄝ.ㄧㄛ.ㄗㄚ.ㄑㄧㄣ.ㄍㄨ.ㄋㄣ.ㄏㄢ.ㄍㄨㄍ.ㄙㄚ.ㄌㄚㅁ.ㄧ.ㄝ.ㄧㄡˋ）

形容情況

句型：非常 / 太～了 / 很 / 一點點 形容詞。

非常 ：아주 많이 (ㄚ.ㄗㄨ.ㄇㄚ.ㄋㄧ)	
太～了 ：너무 (ㄋㄛ.ㄇㄨ)	+ 形容詞.
很 ：아주 (ㄚ.ㄗㄨ) 或 많이 (ㄇㄚ.ㄋㄧ)	
一點點 ：조금 (ㄘㄡ.ㄍㄇ)	

把以下片語套進句型，開口說說看！

바빠요 ㄆㄚ.ㄅㄚ.ㄧㄡ 忙	[마시써] 맛있어요 ㄇㄚ.ㄒㄧ.ㄙㄛ.ㄧㄡ 好吃	[업써] 재미없어요 ㄘㄝ.ㄇㄧ.ㄛㅂ.ㄙㄛ.ㄧㄡ 無趣、不好看、不好玩
추워요 ㄘㄨ.ㄨㄛ.ㄧㄡ 冷	[마덥써] 맛없어요 ㄇㄚ.ㄉㄛㅂ.ㄙㄛ.ㄧㄡ 不好吃	예뻐요 ㄧㄝ.ㄅㄛ.ㄧㄡ 漂亮
더워요 ㄊㄛ.ㄨㄛ.ㄧㄡ 熱	[이써] 재미있어요 ㄘㄝ.ㄇㄧ.ㄧ.ㄙㄛ.ㄧㄡ 有趣、好看、好玩	[머시써] 멋있어요 ㄇㄛ.ㄒㄧ.ㄙㄛ.ㄧㄡ 帥

練習一下

오늘 날씨가 어때요?　今天天氣如何？
(ㄡ.ㄋㄩㄹ.ㄋㄚㄹ.ㄙㄧ.ㄍㄚ.ㄛ.ㄉㄝ.ㄧㄡˊ)

　　　[마니]
아주 많이 추워요.　非常冷。
(ㄚ.ㄗㄨ.ㄇㄚ.ㄋㄧ.ㄘㄨ.ㄨㄛ.ㄧㄡˋ)

　　　[뽀끼][마시]
떡볶이 맛이 어때요?　辣炒年糕味道如何？
(ㄉㄛㄱ.ㄅㄡ.ㄍㄧ.ㄇㄚ.ㄒㄧ.ㄛ.ㄉㄝ.ㄧㄡˊ)

조금 매워요.　有一點辣。
(ㄘㄡ.ㄍㄇ.ㄇㄝ.ㄨㄛ.ㄧㄡˋ)

이 드라마 어때요?　這齣連續劇如何？
(ㄧ.ㄊ.ㄉㄚ.ㄇㄚ.ㄛ.ㄉㄝ.ㄧㄡˊ)

　　　　[이써]
너무 재미있어요.　太好看了。
(ㄋㄛ.ㄇㄨ.ㄘㄝ.ㄇㄧ.ㄧ.ㄙㄛ.ㄧㄡˋ)

　　　　　　　[머시써]
제 남자 친구는 아주 멋있어요.　我的男朋友很帥。
(ㄘㄝ.ㄋㄚㅁ.ㄗㄚ.ㄑㄧㄣ.ㄍㄨ.ㄋㄣ.ㄚ.ㄗㄨ.ㄇㄛ.ㄒㄧ.ㄙㄛ.ㄧㄡˋ)

이영애 씨는 아주 예뻐요.　李英愛小姐很漂亮。
(ㄧ.ㄧㄛㄥ.ㄝ.ㄙㄧ.ㄋㄣ.ㄚ.ㄗㄨ.ㄧㄝ.ㄅㄛ.ㄧㄡˋ)

一週學好韓語40音

興趣

句型：我喜歡 名詞 。

저는　　　名詞를（ㄌㄹ）　좋아해요.
（ㄘㄜ．ㄋㄣ）　　을（ㄜㄹ）　（ㄘㄡ．ㄚ．ㄏㄝ．ㄧㄡˇ）

※ 名詞最後一個字沒有收尾音時接「를」，有收尾音時接「을」。

把以下片語套進句型，開口說說看！

한국 드라마 ㄏㄢ．ㄍㄨㄱ． ㄊ．ㄉㄚ．ㄇㄚ 韓劇	한국 문화 ㄏㄢ．ㄍㄨㄱ． ㄇㄨㄣ．ㄏㄨㄚ 韓國文化	영화 ㄧㄛㄥ．ㄏㄨㄚ 電影
한국 노래 ㄏㄢ．ㄍㄨㄱ． ㄋㄡ．ㄌㄝ 韓文歌	운동 ㄨㄣ．ㄉㄨㄥ 運動	강아지 ㄎㄤ．ㄚ．ㄐㄧ 小狗
한국 음식 ㄏㄢ．ㄍㄨㄥ． ㄜㅁ．ㄒㄧㄧ 韓國菜	[으막] 음악 ㄜ．ㄇㄚㄍ 音樂	고양이 ㄎㄡ．ㄧㄤ．ㄧ 貓咪

大家的韓國語

練習一下

　　　　　[으마글] [조아]
무슨 음악을 좋아해요?　你喜歡什麼音樂？
(ㄇㄨ.ㄙㄣ.ㄜ.ㄇㄚ.ㄍㄹ.ㄘㄡ.ㄚ.ㄏㄝ.ㄧㄡ↗)

　　　　　　　　[조아]
저는 한국 노래를 좋아해요.　我喜歡韓文歌。
(ㄘㄛ.ㄋㄣ.ㄏㄢ.ㄍㄨㄱ.ㄋㄡ.ㄌㄝ.ㄌㄹ.ㄘㄡ.ㄚ.ㄏㄝ.ㄧㄡ↘)

　　　　　[무를] [조아]
무슨 동물을 좋아해요?　你喜歡什麼動物？
(ㄇㄨ.ㄙㄣ.ㄊㄨㄥ.ㄇㄨ.ㄌㄹ.ㄘㄡ.ㄚ.ㄏㄝ.ㄧㄡ↗)

　　　　　　　　[조아]
저는 강아지를 아주 좋아해요.　我很喜歡小狗。
(ㄘㄛ.ㄋㄣ.ㄎㄤ.ㄚ.ㄐㄧ.ㄌㄹ.ㄚ.ㄗㄨ.ㄘㄡ.ㄚ.ㄏㄝ.ㄧㄡ↘)

　　　　　　　[시글]　　[마니][조아]
저는 한국 음식을 아주 많이 좋아해요.　我非常喜歡韓國菜。
(ㄘㄛ.ㄋㄣ.ㄏㄢ.ㄍㄨㄱ.ㄜㄇ.ㄒㄧ.ㄍㄹ.ㄚ.ㄗㄨ.ㄇㄚ.ㄋㄧ.ㄘㄡ.ㄚ.ㄏㄝ.ㄧㄡ↘)

　　　　　[구거]
한국어를 왜 배워요?　為何學韓文？
(ㄏㄢ.ㄍㄨ.ㄍㄛ.ㄌㄹ.ㄨㄝ.ㄆㄝ.ㄨㄛ.ㄧㄡ↗)

　　　　　　　[조아]　　　[구거]
한국 드라마를 좋아해서 한국어를 배워요.　因為喜歡韓劇學韓文。
(ㄏㄢ.ㄍㄨㄱ.ㄊ.ㄌㄚ.ㄇㄚ.ㄌㄹ.ㄘㄡ.ㄚ.ㄏㄝ.ㄙㄛ.ㄏㄢ.ㄍㄨ.ㄍㄛ.ㄌㄹ.ㄆㄝ.ㄨㄛ.ㄧㄡ↘)

點 菜

句型：請給我 東西、菜名 。

東西、菜名 주세요.
（ㄘㄨ.ㄙㄝ.ㄧㄡˋ）

※ 這是買東西、點菜時都可以用的句型，
只要把你要買的東西或要點的菜名放在框框裡就行。

把以下片語套進句型，開口說說看！

메뉴판 ㄇㄝ.ㄋㄧㄨ.ㄆㄢ 菜單	김치 ㄎㄧㅁ.ㄑㄧ 韓國泡菜（＝辛奇）
이거 ㄧ.ㄍㄛ 這個	반찬 ㄆㄢ.ㄘㄢ 小菜
삼계탕 ㄙㄚㅁ.ㄍㄝ.ㄊㄤ 人參雞湯	물 ㄇㄨㄹ 水
돌솥비빔밥 ㄊㄡㄹ.ㄙㄡㄷ.ㄆㄧ.ㄅㄧㅁ.ㄅㄚㅂ 石鍋拌飯	휴지 ㄏㄧㄨ.ㄐㄧ 面紙

※ 更多的韓國料理 → 請參考144頁

練習一下

어서 오세요.　歡迎光臨。
（ㆆ．ㅿㆆ．ㅈ．ㅿㅔ．ㅡㅈ→）

여기요~　這裡……。（在餐廳要叫服務生過來時常用的說法）
（ㅡㆆ．《ㄧ．ㅡㅈ→）

메뉴판 주세요.　請給我菜單。
（ㄇㅔ．ㄋㄧㄨ．ㄆㄢ．ㄘㄨ．ㄙㅔ．ㅡㅈ↘）

돌솥비빔밥 주세요.　我要石鍋拌飯。（韓文說法：石鍋拌飯請給我）
（ㄊㄨㄌ．ㅿㄨㄉ．ㄆㄧ．ㄅㄧㅁ．ㄅㄚㅂ．ㄘㄨ．ㅿㅔ．ㅡㅈ↘）

이거 주세요.　我要這個。（韓文說法：這個請給我）
（ㄧ．《ㆆ．ㄘㄨ．ㅿㅔ．ㅡㅈ↘）

[찌][안케]
맵지 않게 해 주세요.　我不要辣。
（ㄇㅔㅂ．ㅈㄧ．ㄢ．ㄎㅔ．ㄏㅔ．ㄘㄨ．ㅿㅔ．ㅡㅈ↘）

조금만 맵게 해 주세요.　我要微辣。
（ㄘㄨ．《ㅁ．ㄇㄢ．ㄇㅔㅂ．《ㅔ．ㄏㅔ．ㄘㄨ．ㅿㅔ．ㅡㅈ↘）

여기 김치 더 주세요.　這裡請再給我些韓國泡菜（＝辛奇）。
（ㅡㆆ．《ㄧ．ㄎㄧㅁ．ㄑㄧ．ㄊㆆ．ㄘㄨ．ㅿㅔ．ㅡㅈ↘）

購物

句型：是 多少錢 元。

價錢 원이에요 (ㄨㄣ.ㄧ.ㄝ.ㄧㄡˋ).

把以下片語套進句型，開口說說看！

1	일 (ㄧㄹ)	11	십일 (ㄒㄧㅂ.ㄧㄹ)
2	이 (ㄧ)	12	십이 (ㄒㄧㅂ.ㄧ)
3	삼 (ㄙㄚㅁ)	13	십삼 (ㄒㄧㅂ.ㄙㄚㅁ)
4	사 (ㄙㄚ)	14	십사 (ㄒㄧㅂ.ㄙㄚ)
5	오 (ㄧㄡ)	⋮	
6	육 (ㄧㄨㄍ)	20	이십 (ㄧ.ㄒㄧㅂ)
7	칠 (ㄑㄧㄹ)	30	삼십 (ㄙㄚㅁ.ㄒㄧㅂ)
8	팔 (ㄆㄚㄹ)	40	사십 (ㄙㄚ.ㄒㄧㅂ)
9	구 (ㄎㄨ)	⋮	
10	십 (ㄒㄧㅂ)	100	백 (ㄆㄝㄍ)

1	일 (ㄧㄹ)
10	십 (ㄒㄧㅂ)
100	백 (ㄆㄝㄍ)
1,000	천 (ㄘㄛㄣ)
1,0000	만 (ㄇㄢ)

※注意！韓文跟中文不一樣，唸數字 10、100、1,000、10,000時，前面不用加「一」，直接唸「十、百、千、萬」就好，價錢中間的零也不用唸出來。

練習一下

이거 얼마예요?　這個多少錢？（指著要買的東西問價錢）
（ㄧ．ㄍㄛ．ㄛㄌ．ㄇㄚ．ㄧㄝ．ㄧㄡˊ）

15,000원이에요.　是一萬五千元。
（ㄇㄢ．ㄡ．ㄘㄛㄣ．ㄨㄣ．ㄧ．ㄝ．ㄧㄡˋ）

10,500원이에요.　是一萬零五百元。
（ㄇㄢ．ㄡ．ㄆㄝㄍ．ㄨㄣ．ㄧ．ㄝ．ㄧㄡˋ）

너무 비싸요.　太貴了。
（ㄋㄛ．ㄇㄨ．ㄆㄧ．ㄙㄚ．ㄧㄡˋ）

싸게 해 주세요.　請算我便宜一點。
（ㄙㄚ．ㄍㄝ．ㄏㄝ．ㄘㄨ．ㄙㄝ．ㄧㄡˋ）

[그ㅁ]
현금으로 계산할게요.　我要付現金。
（ㄏㄧㄛㄣ．ㄍ．ㄇ．ㄌㄡ．ㄎㄝ．ㄙㄢ．ㄏㄚㄌ．ㄍㄝ．ㄧㄡˋ）

카드로 계산할게요.　我要刷卡。
（ㄎㄚ．ㄉ．ㄌㄡ．ㄎㄝ．ㄙㄢ．ㄏㄚㄌ．ㄍㄝ．ㄧㄡˋ）

영수증 주세요.　請給我收帳。（店員忘記給你，你可以主動跟他說）
（ㄧㄛㄥˊ．ㄙㄨ．ㄗ。．ㄘㄨ．ㄙㄝ．ㄧㄡˊ）

自我練習

請大家寫寫看以下東西的價錢。

【例】	₩800	八百元 팔백원
	₩3,450	_____
	₩9,160	_____
	₩12,000	_____
	₩20,500	_____

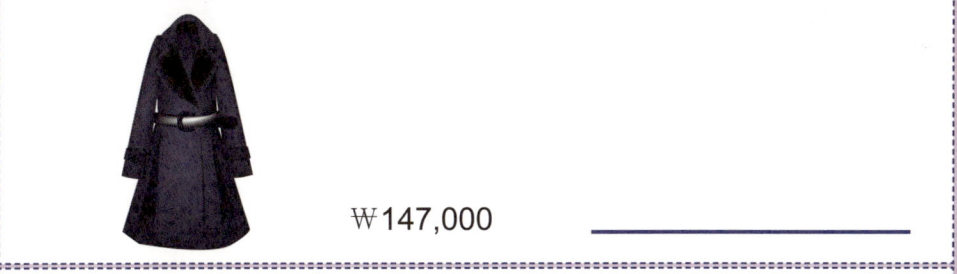

₩147,000　_____

₩508,000　_____

₩1,130,000　_____

₩3,890,000　_____

₩21,650,000　_____

約人 1. 時間

句型：時間 見面吧。

(1) A 에 만나요.
　　（ㅔ）（ㅁㄢ.ㄋㄚ.ㄧㄡˋ）

(2) B 만나요.

※ 基本上大部分的時間詞後方要加一個專屬它的時間助詞「에」，但也有些例外如B。

把以下片語套進句型，開口說說看！

A可套入

한 시	화요일
ㄏㄢ.ㄒㄧ-	ㄏㄨㄚ.ㄧㄡ.ㄧㄌ
一點	星期二

오후 세 시	이번 주말
ㄡ.ㄏㄨ.ㄙㄝ.ㄒㄧ-	ㄧ.ㄅㄣ.ㄘㄨ.ㄇㄚㄌ
下午三點	這個週末

저녁	다음 주말
ㄘㄛ.ㄋㄧㄛㄍ	ㄊㄚ.ㄛㄇ.ㄘㄨ.ㄇㄚㄌ
晚上	下個週末

B可套入

지금
ㄑㄧ-.ㄍㄇ
現在

오늘
ㄡ.ㄋㄌ
今天

내일
ㄋㄝ.ㄧㄌ
明天

練習一下

　　　　　　[이써]
내일 시간 있어요?　明天有空嗎？（韓文說法：明天有時間嗎？）
（ㄋㄝ．ーㄹ．ㄒー．《ㄋ．ー．ㄙㆆ．ーㄡˊ）

　　　　[이써]
예, 있어요.　　是，有空。
（ーㄝ．ー．ㄙㆆ．ーㄡˋ）

　　　　　　　[이른]
아니요, 내일은 바빠요.　不，明天很忙。
（ㄚ．ㄋー．ーㄡ．ㄋㄝ．ー．ㄌㄣ．ㄆㄚ．ㄅㄚ．ーㄡˋ）

우리 언제 만날까요?　我們要什麼時候見面呢？
（ㄨ．ㄌー．ㄅ．ㄗㄝ．ㄇㄋ．ㄋㄚㄹ．《ㄚ．ーㄡˊ）

　　　　[마레]
이번 주말에 만나요.　這個週末見面吧。
（ー．ㄅㄣ．ㄘㄨ．ㄇㄚ．ㄌㄝ．ㄇㄋ．ㄋㄚ．ーㄡˋ）

내일 오후 두 시에 만나요.　明天下午兩點見面吧。
（ㄋㄝ．ーㄹ．ㄡ．ㄏㄨ．ㄊㄨ．ㄒー．ㄝ．ㄇㄋ．ㄋㄚ．ーㄡˋ）

지금 만나요.　現在見面吧。
（ㄑー．《ㄇ．ㄇㄋ．ㄋㄚ．ーㄡˋ）

시간 (ㄒㄧ.ㄍㄢ) 時間

韓文唸數字的方法分為二種，價錢和時間屬於不同的唸法。

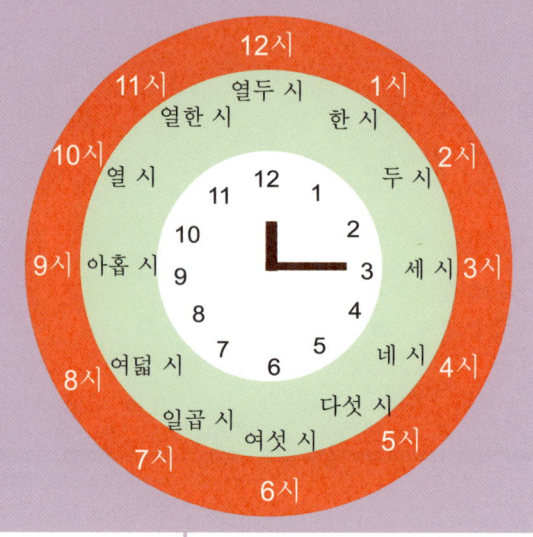

1點	한 시	ㄏㄢ.ㄒㄧ
2點	두 시	ㄊㄨ.ㄒㄧ
3點	세 시	ㄙㄝ.ㄒㄧ
4點	네 시	ㄋㄝ.ㄒㄧ
5點	다섯 시	ㄊㄚ.ㄙㄛㄉ.ㄒㄧ
6點	여섯 시	ㄧㄛ.ㄙㄛㄉ.ㄒㄧ
7點	일곱 시	ㄧㄌ.ㄍㄡㅂ.ㄒㄧ
8點	여덟 시	ㄧㄛ.ㄉㄛㄌ.ㄒㄧ
9點	아홉 시	ㄚ.ㄏㄡㅂ.ㄒㄧ
10點	열 시	ㄧㄛㄌ.ㄒㄧ
11點	열한 시	ㄧㄛㄌ.ㄏㄢ.ㄒㄧ
12點	열두 시	ㄧㄛㄌ.ㄊㄨ.ㄒㄧ

MP3 82

요일 (ㄧㄡ．ㄧㄹ) 星期幾

韓文跟日文一樣，用日月星辰來區別星期幾。

月	[워료] 월요일 ㄨㄛ．ㄌㄧㄡ．ㄧㄹ	星期一
火	화요일 ㄏㄨㄚ．ㄧㄡ．ㄧㄹ	星期二
水	수요일 ㄙㄨ．ㄧㄡ．ㄧㄹ	星期三
木	[모교] 목요일 ㄇㄡ．ㄍㄧㄡ．ㄧㄹ	星期四
金	[그묘] 금요일 ㄎ．ㄇㄧㄡ．ㄧㄹ	星期五
土	토요일 ㄊㄡ．ㄧㄡ．ㄧㄹ	星期六
日	[이료] 일요일 ㄧ．ㄌㄧㄡ．ㄧㄹ	星期日

約人2.地點

句型： 在 地點 見面吧。

地點 에서　　　만나요.
　　（せ.ㄙㄛ）　（ㄇㄢ.ㄋㄚ.一ㄡˋ）

※ 也可以跟前一頁的句型放在一起 → 時間 에 地點 에서 만나요.

把以下片語套進句型，開口說說看！

[교] 학교 ㄏㄚㄱ.ㄍ一ㄡ 學校	병원 ㄆㄧㄥ.ㄨㄣ 醫院	[땅] 식당 ㄒ一ㄍ.ㄉㄤ 餐廳
회사 ㄏㄨㄝ.ㄙㄚ 公司	[배콰] 백화점 ㄆㄝ.ㄎㄨㄚ.ㄗㄛㄇ 百貨公司	커피숍 ㄎㄛ.ㄆ一.ㄕㄡㄅ 咖啡廳
[하권] 학원 ㄏㄚ.ㄍㄨㄣ 補習班	영화관 一ㄛㄥ.ㄏㄨㄚ.ㄍㄨㄢ 電影院	호텔 ㄏㄡ.ㄊㄝㄌ 飯店

練習一下

우리 어디에서 만날까요?　我們要在哪裡見面呢？
(ㄨ．ㄉㄧ－．ㄛ．ㄉㄧ－．ㄝ．ㄙㄛ．ㄇㄢ．ㄋㄚㄹ．ㄍㄚ．ㄧㄡˊ)

[구거][하귀네]
한국어 학원에서 만나요.　在韓語補習班見面吧。
(ㄏㄢ．ㄍㄨ．ㄍㄛ．ㄏㄚ．ㄍㄨㄛ．ㄋㄝ．ㄙㄛ．ㄇㄢ．ㄋㄚ．ㄧㄡˇ)

[배콰]　[아페]
백화점 앞에서 만나요.　在百貨公司前面見面吧。
(ㄆㄝ．ㄎㄨㄚ．ㄗㄛㅁ．ㄚ．ㄆㄝ．ㄙㄛ．ㄇㄢ．ㄋㄚ．ㄧㄡˇ)

[마즌펴네]
회사 맞은편에서 만나요.　在公司對面見面吧。
(ㄏㄨㄝ．ㄙㄚ．ㄇㄚ．ㄗㄣ．ㄆㄧㄛ．ㄋㄝ．ㄙㄛ．ㄇㄢ．ㄋㄚ．ㄧㄡˇ)

[멷 씨]
몇 시에 어디에서 만날까요?　幾點在哪裡見面呢？
(ㄇㄧㄛㄷ．ㄒㄧ－．ㄝ．ㄛ．ㄉㄧ－．ㄝ．ㄙㄛ．ㄇㄢ．ㄋㄚㄹ．ㄍㄚ．ㄧㄡˊ)

　　　　　　[땁]
일곱 시에 식당에서 만나요.　七點在餐廳見面吧。
(ㄧㄹ．ㄍㄡㅂ．ㄒㄧ－．ㄝ．ㄒㄧ－ㄍ．ㄉㄤ．ㄝ．ㄙㄛ．ㄇㄢ．ㄋㄚ．ㄧㄡˇ)

수요일 네 시에 공원에서 만나요.　星期三四點在公園見面吧。
(ㄙㄨ．ㄧㄡ．ㄧㄹ．ㄋㄝ．ㄒㄧ－．ㄝ．ㄎㄨㄥ．ㄨㄣ．ㄝ．ㄙㄛ．ㄇㄢ．ㄋㄚ．ㄧㄡˇ)

約人3.提出意見

句型：我們一起 動詞 吧。

우리　　　같이　　　動詞 .
(ㄨ.ㄌㄧ)　(ㄎㄚ.ㄑㄧ)

※可以跟前面兩個句型放在一起 → 時間 에 우리 같이 地點 에서 動詞 .

把以下片語套進句型，開口說說看！

가요 ㄎㄚ.ㄧㄡ 去	춤 춰요 ㄘㄨㅁ.ㄘㄨㄛ.ㄧㄡ 跳舞	영화 봐요 ㄧㄛㄥ.ㄏㄨㄚ.ㄅㄨㄚ.ㄧㄡ 看電影
운동해요 ㄨㄥ.ㄉㄨㄥ.ㄏㄝ.ㄧㄡ 運動	쇼핑해요 ㄕㄡ.ㄆㄥ.ㄏㄝ.ㄧㄡ 逛街	여행가요 ㄧㄛ.ㄏㄝㅇ.ㄎㄚ.ㄧㄡ 去旅行
노래해요 ㄋㄡ.ㄌㄝ.ㄏㄝ.ㄧㄡ 唱歌	요리해요 ㄧㄡ.ㄌㄧ.ㄏㄝ.ㄧㄡ 料理	[싸] 식사해요 ㄒㄧㄍ.ㄙㄚ.ㄏㄝ.ㄧㄡ 用餐

練習一下

※ 以下「우리 같이 [가치] (ㄨ.ㄌㄧ.ㄎㄚ.ㄑㄧ)」的注音以「～～」這個符號來寫。

우리 같이 [가치] 가요.　我們一起去吧。
(～～.ㄎㄚ.ㄧㄡˋ)

우리 같이 [가치] 노래해요.　我們一起唱歌吧。
(～～.ㄋㄡ.ㄌㄝ.ㄏㄝ.ㄧㄡˋ)

이번 주말에 [마레] 우리 같이 [가치] 쇼핑해요.　這個週末我們一起逛街吧。
(ㄧ.ㄅㄣ.ㄘㄨ.ㄇㄚ.ㄌㄝ.～～.ㄕㄡ.ㄆㄥ.ㄏㄝ.ㄧㄡˋ)

오늘 저녁에 [녀게] 우리 같이 [가치] 식사해요 [싸].　我們今天晚上一起用餐吧。
(ㄡ.ㄋㄦ.ㄘㄛ.ㄋㄧㄛ.ㄍㄝ.～～.ㄒㄧㄍ.ㄙㄚ.ㄏㄝ.ㄧㄡˋ)

토요일 오후에 우리 같이 [가치] 영화 봐요.　星期六下午我們一起看電影吧。
(ㄊㄡ.ㄧㄡ.ㄧㄦ.ㄡ.ㄏㄨ.ㄝ.～～.ㄧㄛㄥ.ㄏㄨㄚ.ㄅㄨㄚ.ㄧㄡˋ)

내일 아침에 [치메] 우리 같이 [가치] 공원에서 운동해요.　明天早上我們一起在公園運動吧。
(ㄋㄝ.ㄧㄦ.ㄚ.ㄑㄧ.ㄇㄝ.～～.ㄎㄨㄥ.ㄨㄣ.ㄝ.ㄙㄛ.ㄨㄣ.ㄉㄨㄥ.ㄏㄝ.ㄧㄡˋ)

이번 휴가 때 우리 같이 [가치] 한국으로 [구그] 여행가요.　這次休假時我們一起到韓國去旅行吧。
(ㄧ.ㄅㄣ.ㄏㄧㄨ.ㄍㄚ.ㄉㄝ.～～.ㄏㄢ.ㄍㄨ.ㄍ.ㄌㄡ.ㄧㄛ.ㄏㄝㄥ.ㄎㄚ.ㄧㄡˋ)

彩虹

무 지 개

(ㄇㄨˊ ㄐㄧ ㄍㄝ)

附 錄

★ 韓語的基本發音 & 韓語字母表
★ 自我練習答案

韓語的基本發音

母音

字母	ㅏ	ㅑ	ㅓ	ㅕ		
發音	Y	<u>ー</u>Y	ㄛ	<u>ー</u>ㄛ		

字母	ㅗ	ㅛ	ㅜ	ㅠ	ㅡ	ㅣ
發音	ㄡ	<u>ー</u>ㄡ	ㄨ	<u>ー</u>ㄨ	ㄜ	ㄧ

字母	ㅐ	ㅒ	ㅔ	ㅖ		
發音	ㄝ	<u>ー</u>ㄝ	ㄝ	<u>ー</u>ㄝ		

字母	ㅘ	ㅙ	ㅚ	ㅝ	ㅞ	
發音	ㄨY	ㄨㄝ	ㄨㄝ	ㄨㄛ	ㄨㄝ	

字母	ㅟ	ㅢ				
發音	ㄩ	ㄜ<u>ー</u>				

※ 在本書中，有底線的注音，雖然單獨發音，但要把他們聯在一起、快速度地唸。

※ 韓語母音「ㅡ」不管用英文、日文、注音都無法寫出它正確的音，因此在本書，以它遇到的子音所一起造的發音找最接近的注音來標註。

大家的韓國語

子音

字母	ㄱ	ㄴ	ㄷ	ㄹ	ㅁ	ㅂ	ㅅ
發音	ㄎ/ㄍ	ㆣ	ㄊ/ㄉ	ㄌ	ㄇ	ㄆ/ㄅ	ㄙ/ㄒ/ㄕ

字母	ㅇ	ㅈ	ㅊ	ㅋ	ㅌ	ㅍ	ㅎ
發音		ㄘ/ㄗ/ㄐ/ㄑ/ㄣ	ㄘ/ㄑ	ㄎ	ㄊ	ㄆ	ㄏ

字母	ㄲ	ㄸ	ㅃ	ㅆ	ㅉ
發音	ㄍ	ㄉ	ㄅ	ㄙ	ㄗ

※「ㅇ」當一般子音時本身沒發音，要靠母音的音來唸，它只有當「收尾音」的時候才會有自己的音（請參考48頁、140頁）。

※「ㄱ」或「ㄷ」等有些子音唸法不只一種的原因，是因為這些子音跟不同母音在一起時，或於單詞裡當第一個字或第二個字等等，發音也變得不同。

韓語字母表

韓語結構1

子音＼母音	ㅏ	ㅑ	ㅓ	ㅕ	ㅗ	ㅛ	ㅜ	ㅠ	ㅡ	ㅣ
ㄱ	가	갸	거	겨	고	교	구	규	그	기
ㄴ	나	냐	너	녀	노	뇨	누	뉴	느	니
ㄷ	다	댜	더	뎌	도	됴	두	듀	드	디
ㄹ	라	랴	러	려	로	료	루	류	르	리
ㅁ	마	먀	머	며	모	묘	무	뮤	므	미
ㅂ	바	뱌	버	벼	보	뵤	부	뷰	브	비
ㅅ	사	샤	서	셔	소	쇼	수	슈	스	시
ㅇ	아	야	어	여	오	요	우	유	으	이
ㅈ	자	쟈	저	져	조	죠	주	쥬	즈	지
ㅊ	차	챠	처	쳐	초	쵸	추	츄	츠	치
ㅋ	카	캬	커	켜	코	쿄	쿠	큐	크	키
ㅌ	타	탸	터	텨	토	툐	투	튜	트	티
ㅍ	파	퍄	퍼	펴	포	표	푸	퓨	프	피
ㅎ	하	햐	허	혀	호	효	후	휴	흐	히

韓語結構2

結構1 \ 收尾音	ㄱ	ㄴ	ㄷ	ㄹ	ㅁ	ㅂ	ㅇ
가	각	간	갇	갈	감	갑	강
나	낙	난	낟	날	남	납	낭
다	닥	단	닫	달	담	답	당
라	락	란	랃	랄	람	랍	랑
마	막	만	맏	말	맘	맙	망
바	박	반	받	발	밤	밥	방
사	삭	산	삳	살	삼	삽	상
아	악	안	앋	알	암	압	앙
자	작	잔	잗	잘	잠	잡	장
차	착	찬	찯	찰	참	찹	창
카	칵	칸	칻	칼	캄	캅	캉
타	탁	탄	탇	탈	탐	탑	탕
파	팍	판	팓	팔	팜	팝	팡
하	학	한	핟	할	함	합	항

自我練習答案

星期一（43頁）

2 聽力練習

(1) 이　　(2) 여우　　(3) 우유

3 單詞練習－請連連看。

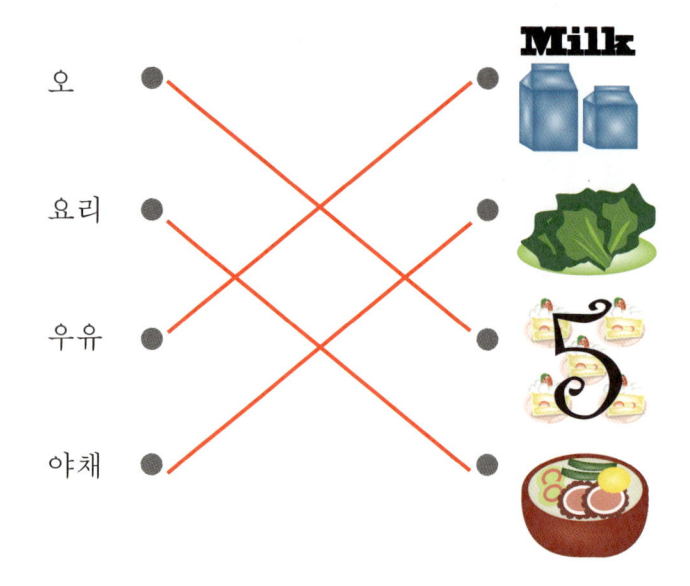

- 오 — 5
- 요리 — 야채(青菜)
- 우유 — Milk
- 야채 — 料理

星期二（69頁）

1 聽力練習1－請把聽到的單詞打勾。
(1) ☐ 우　　☑ 무
(2) ☑ 누나　☐ 나라
(3) ☐ 유리　☑ 우리

2 聽力練習2－請把聽到的單詞寫出來。
(1) 야구　(2) 어머니　(3) 아버지

3 單詞練習－請連連看。

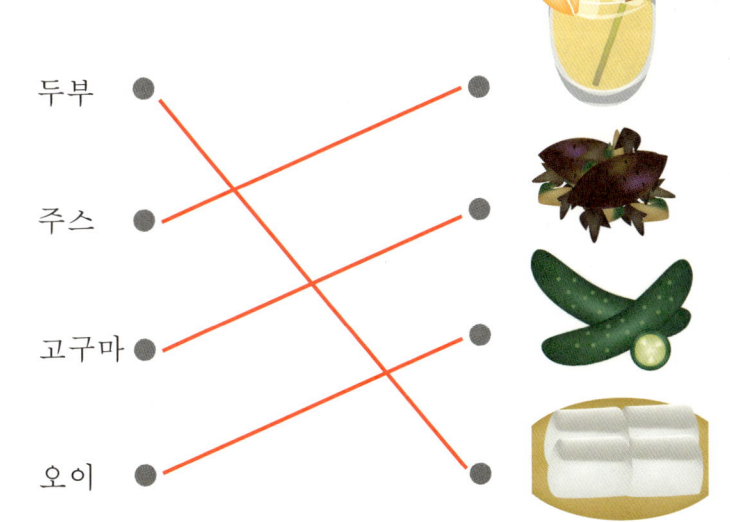

두부
주스
고구마
오이

星期三（94頁）

1 聽力練習－請把聽到的單詞寫出來。

（1） 오빠　（2） 아저씨　（3） 꼬마

2 單詞練習1－看插畫填填看。

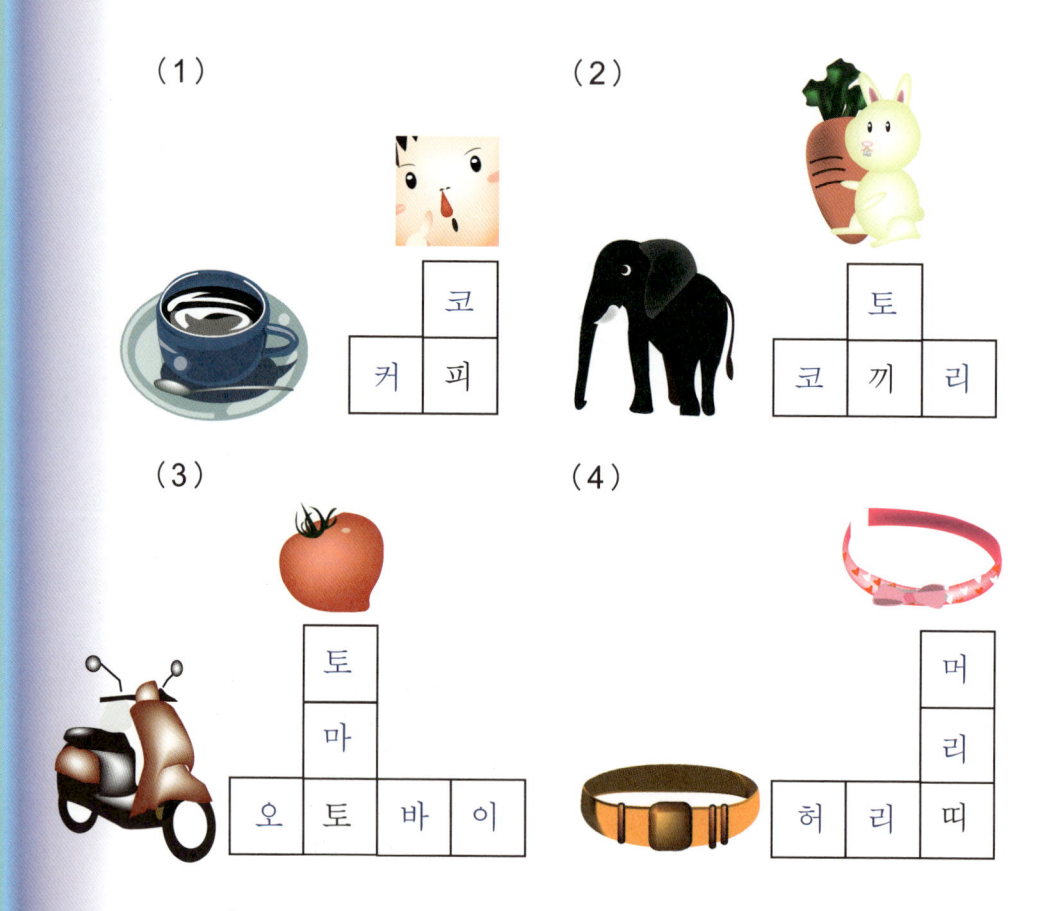

（1）

	코	
커	피	

（2）

	토	
코	끼	리

（3）

	토			
	마			
오	토	바	이	

（4）

		머
		리
허	리	띠

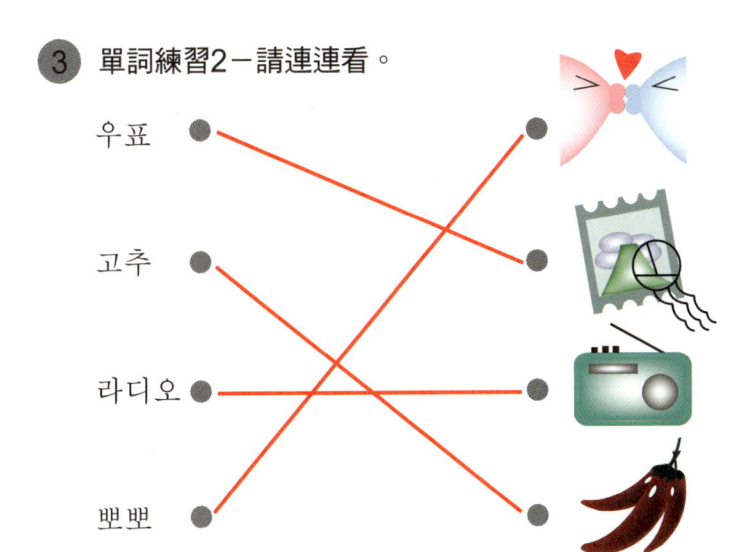

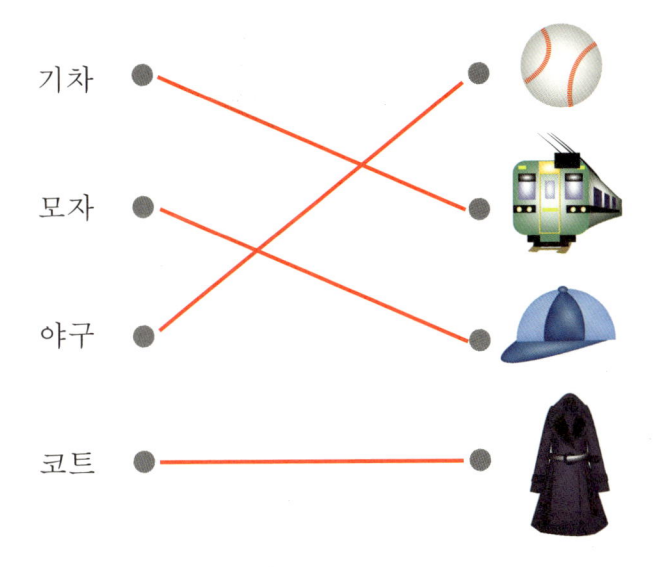

3 單詞練習2－請連連看。

우표

고추

라디오

뽀뽀

기차

모자

야구

코트

一週學好韓語40音　211

星期四（123頁）

1 聽力練習1－將聽到的單詞，在□裡打勾。

(1) ☑ 배추　☐ 배우
(2) ☐ 교외　☑ 교회
(3) ☐ 세계　☑ 시계

2 聽力練習2－請把聽到的單詞寫出來。

(1) 사과 　(2) 회사 　(3) 키위

3 單詞練習－請連連看。

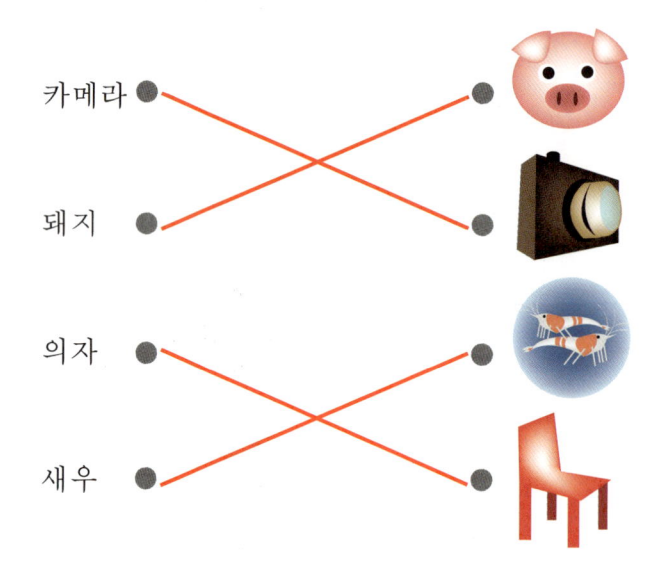

- 카메라 — （相機圖）
- 돼지 — （豬圖）
- 의자 — （椅子圖）
- 새우 — （蝦圖）

星期五（148頁）

1 聽力練習1－在聽到的單詞旁邊打勾。

(1) ☑ 밥　　☐ 밤　　☐ 박
(2) ☐ 옥　　☑ 옷　　☐ 옵
(3) ☐ 공함　☐ 공한　☑ 공항

2 聽力練習2－填填看；請從下列的字中找出正確的填入空格。

(1) 딸 기　　　(2) 책 ☐

(3) 꽃 ☐　　　(4) 김 치

3 單詞練習－請連連看。

한국

컴퓨터

인삼

엄마

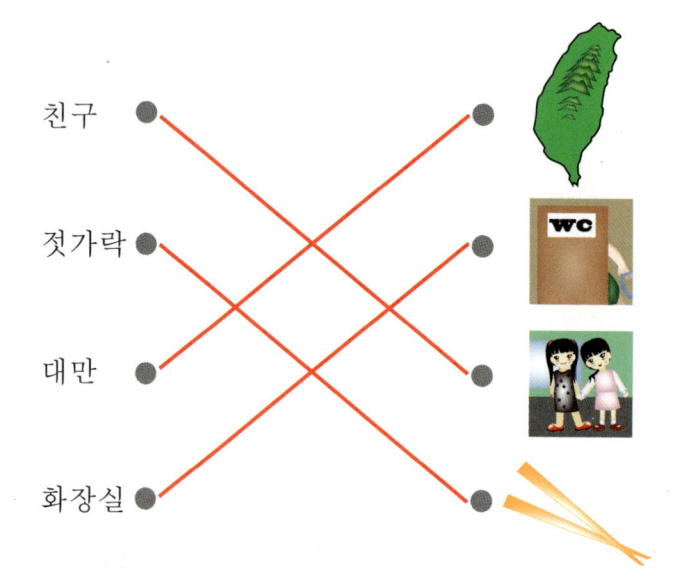

친구

젓가락

대만

화장실

星期日（192頁）

（1）₩3,450　　　　삼천사백오십 원

（2）₩9,160　　　　구천백육십 원

（3）₩12,000　　　 만 이천 원

（4）₩20,500　　　 이만 오백 원

（5）₩147,000　　　십사만 칠천 원

（6）₩508,000　　　오십만 팔천 원

（7）₩1,130,000　　백십삼만 원

（8）₩3,890,000　　삼백팔십구만 원

（9）₩21,650,000　이천백육십오만 원

國家圖書館出版品預行編目資料

大家的韓國語：一週學好韓語40音 / 金玟志著
-- 修訂二版 -- 臺北市：瑞蘭國際, 2025.08
224面；17 × 23公分 --（繽紛外語系列；152）
ISBN：978-626-7629-79-6（平裝）

1. CST：韓語 2. CST：發音

803.24　　　　　　　　　　　　　　114009772

繽紛外語系列 152

大家的韓國語：
一週學好韓語40音

作者｜金玟志
責任編輯｜潘治婷、王愿琦
校對｜金玟志、潘治婷、王愿琦

韓語錄音｜高多瑛、吳世真、金玟志、潘治婷
錄音室｜采漾錄音製作有限公司、不凡數位錄音室
封面設計｜金玟志、陳如琪
內文排版｜Rebecca、余佳憓、陳如琪
美術插畫｜張君瑋、Rebecca

瑞蘭國際出版

董事長｜張暖彗・社長兼總編輯｜王愿琦
編輯部
副總編輯｜葉仲芸・主編｜潘治婷・文字編輯｜劉欣平
設計部主任｜陳如琪
業務部
經理｜楊米琪・主任｜林湲洵・組長｜張毓庭

出版社｜瑞蘭國際有限公司・地址｜台北市大安區安和路一段104號7樓之一
電話｜(02)2700-4625・傳真｜(02)2700-4622・訂購專線｜(02)2700-4625
劃撥帳號｜19914152 瑞蘭國際有限公司
瑞蘭國際網路書城｜www.genki-japan.com.tw

總經銷｜聯合發行股份有限公司・電話｜(02)2917-8022、2917-8042
傳真｜(02)2915-6275、2915-7212・印刷｜科億印刷股份有限公司
出版日期｜2025年08月初版1刷・定價｜450元・ISBN｜978-626-7629-79-6

◎ 版權所有・翻印必究
◎ 本書如有缺頁、破損、裝訂錯誤，請寄回本公司更換

PRINTED WITH SOY INK 本書採用環保大豆油墨印製

瑞蘭國際

瑞蘭國際

瑞蘭國際

瑞蘭國際